Tucholsky Wagner Zola Scott Sydow Fonatne Freud Schlegel
Turgenev Wallace
Twain Walther von der Vogelweide Fouqué Friedrich II. von Preußen
Weber Freiligrath Frey
Kant Ernst
Fechner Fichte Weiße Rose von Fallersleben Richthofen Frommel
Hölderlin
Engels Fielding Eichendorff Tacitus Dumas
Fehrs Faber Flaubert
Eliasberg Ebner Eschenbach
Maximilian I. von Habsburg Fock Zweig
Feuerbach Eliot Vergil
Ewald London
Goethe Elisabeth von Österreich
Mendelssohn Balzac Shakespeare Dostojewski Ganghofer
Lichtenberg Rathenau Doyle Gjellerup
Trackl Stevenson Hambruch
Mommsen Tolstoi Lenz Droste-Hülshoff
Thoma Hanrieder
Dach Verne von Arnim Hägele Hauff Humboldt
Karrillon Reuter Rousseau Hagen Hauptmann Gautier
Garschin Baudelaire
Damaschke Defoe Hebbel
Descartes Hegel Kussmaul Herder
Wolfram von Eschenbach Dickens Schopenhauer Rilke George
Bronner Darwin Melville Grimm Jerome
Campe Horváth Aristoteles Bebel Proust
Bismarck Vigny Barlach Voltaire Federer Herodot
Gengenbach Heine
Storm Casanova Tersteegen Gilm Grillparzer Georgy
Chamberlain Lessing Langbein Gryphius
Brentano Lafontaine
Strachwitz Claudius Schiller Kralik Iffland Sokrates
Katharina II. von Rußland Bellamy Schilling
Gerstäcker Raabe Gibbon Tschechow
Löns Hesse Hoffmann Gogol Wilde Gleim Vulpius
Luther Heym Hofmannsthal Morgenstern
Roth Klee Hölty Goedicke
Heyse Klopstock Kleist
Luxemburg Puschkin Homer Mörike
La Roche Horaz Musil
Machiavelli Kierkegaard Kraft Kraus
Navarra Aurel Musset Moltke
Lamprecht Kind Kirchhoff Hugo
Nestroy Marie de France
Laotse Ipsen Liebknecht
Nietzsche Nansen Ringelnatz
Marx Lassalle Gorki Klett Leibniz
von Ossietzky May Lawrence Irving
vom Stein Knigge
Petalozzi Platon Kafka
Pückler Michelangelo Kock
Sachs Poe Liebermann Korolenko
de Sade Praetorius Mistral Zetkin

Der Verlag tredition aus Hamburg veröffentlicht in der Reihe **TREDITION CLASSICS** Werke aus mehr als zwei Jahrtausenden. Diese waren zu einem Großteil vergriffen oder nur noch antiquarisch erhältlich.

Symbolfigur für **TREDITION CLASSICS** ist Johannes Gutenberg (1400 — 1468), der Erfinder des Buchdrucks mit Metalllettern und der Druckerpresse.

Mit der Buchreihe **TREDITION CLASSICS** verfolgt tredition das Ziel, tausende Klassiker der Weltliteratur verschiedener Sprachen wieder als gedruckte Bücher aufzulegen – und das weltweit!

Die Buchreihe dient zur Bewahrung der Literatur und Förderung der Kultur. Sie trägt so dazu bei, dass viele tausend Werke nicht in Vergessenheit geraten.

Tante Frieda. Neue Lausbubengeschichten

Neue Lausbubengeschichten

Ludwig Thoma

Impressum

Autor: Ludwig Thoma
Umschlagkonzept: toepferschumann, Berlin

Verlag: tredition GmbH, Hamburg
ISBN: 978-3-8424-9391-9
Printed in Germany

Tante Frieda

Meine Mutter sagte: »Ach Gott ja, übermorgen kommt die Schwägerin.«

Und da machte sie einen großen Seufzer, als wenn der Bindinger da wäre und von meinem Talent redet.

Und Ännchen hat ihre Kaffeetasse weggeschoben und hat gesagt, es schmeckt ihr nicht mehr, und wir werden schon sehen, daß die Tante den Amtsrichter beleidigt und daß alles schlecht geht.

»Warum hast du sie eingeladen?« sagte sie.

»Ich hab sie doch gar nicht eingeladen«, sagte meine Mutter, »sie kommt doch immer ganz von selber.«

»Man muß sie hinausschmeißen«, sagte ich.

»Du sollst nicht so unanständig reden«, sagte meine Mutter, »du mußt denken, daß sie die Schwester von deinem verstorbenen Papa ist. Und überhaupt bist du zu jung.«

»Aber wenn ihr sie doch gar nicht mögt«, habe ich gesagt, »und wenn sie den Amtsrichter beleidigt, daß er Ännchen nicht heiratet, und sie freut sich schon so darauf. Vielleicht sagt sie ihm, daß er schielt.«

Da hat Ännchen mich angeschrieen: »Er schielt doch gar nicht, du frecher Lausbub, und jetzt spricht er, daß ich heiraten will, und die Leute reden es herum. Nein, nein, ich halte es nicht mehr aus, ich gehe in die Welt und nehme eine Stellung.«

Da ist meine Mutter ganz unglücklich geworden und hat gerufen: »Aber Kindchen, du darfst nicht weinen. Es wird alles recht werden, und, in Gottes Namen, der Besuch von der Tante wird auch vorüber gehen.«

Das ist am Montag gewesen, und am Mittwoch ist sie gekommen. Wir sind alle drei auf die Bahn gegangen, und meine Mutter hat immer gesagt: »Ännchen, mache ein freundliches Gesicht! Sonst haben wir schon heute Verdruß.«

Da hat der Zug gepfiffen, und sie ist herausgestiegen und hat geschrieen: »Ach Gott! ach Gott! Da seid ihr ja alle! Oh, wie ich mich freue! Helft mir nur, daß ich mein Gepäck herauskriege!«

Sie hat in den Wagen hineingerufen, die Schachtel gehört ihr, und der Koffer unter dem Sitz gehört ihr, und die Tasche oben gehört auch ihr und hinten der Käfig mit dem Papagei. Ein Mann hat ihr alles herausgetan, und sie hat es mir gegeben, aber ich habe gesagt, der Koffer ist zu schwer, ich kann ihn nicht tragen. »Ännchen hilft dir schon«, hat sie gesagt, »ihr seid jung und stark. Aber mein Lorchen trage ich selber.« Dann ist sie zu meiner Mutter hingegangen und hat sie geküßt und hat gerufen: »Ich bin froh, daß ich dich gesund sehe, ich habe oft so Angst wegen deinem Herzleiden, aber gib acht, daß du nicht an den Käfig kommst, mein Lorchen kann das Schütteln nicht vertragen.«

Meine Mutter hat den großen Koffer angesehen und hat gemeint, es ist vielleicht besser, wenn ihn der Stationsdiener tragt, aber die Tante hat gesagt: »Nein, ich gebe es nicht zu, daß du Auslagen hast; die Kinder werden schon fertig damit.«

Ännchen hat es probiert. Es ist nicht gegangen, weil er zu schwer war. Da ist der Alois gelaufen gekommen, das ist der Stationsdiener, und er hat den Koffer genommen.

Die Tante hat wieder zu meiner Mutter gesagt, es ist ihr nicht recht, daß wir Auslagen haben, und sie hat nicht gedacht, daß Ännchen so schwächlich ist. Aber es fällt ihr ein, daß sie schon als Kind zart war. Vielleicht hat sie etwas geerbt von dem Herzleiden von meiner Mutter.

»Ich bin aber, Gott sei dank, gesund«, hat meine Mutter gesagt, »und der Arzt findet nichts mehr.«

»Ja, die Ärzte!« hat die Tante gerufen. »Bei meinem armen Josef haben sie auch nichts gefunden, bis er tot war, und oft wollen sie es einem nicht sagen.«

Dann sind wir heimgegangen.

Unterwegs hat Ännchen zu mir gewispert: »Du wirst sehen, Ludwig, sie bleibt die ganze Vakanz.«

»Das glaube ich nicht«, habe ich gesagt. »Wenn sie bleiben möchte, finde ich schon etwas, daß sie geht.«

Da hat Ännchen heimlich gelacht, und sonst ist sie doch immer unglücklich, wenn etwas von mir herauskommt. Aber diesmal hat sie gelacht und hat gefragt: »Was willst du denn machen?«

Ich habe gesagt: »Das weiß ich nicht. Vielleicht mache ich einen Speiteufel in dem Papagei seinem Käfig, oder ich rupfe ihn, daß er nackt wird, oder ich tue sonst was. Man kann es nicht vorher sagen, was man tut, weil man erst studieren muß, was sie am meisten ärgert.«

Ännchen hat gewispert: »Wenn du etwas findest, daß sie geht, schenke ich dir zwei Mark.«

»Das ist recht«, habe ich gesagt. »Aber du mußt mir zuerst eine Mark geben, weil ich vielleicht Auslagen haben muß.« Sie hat mir auch eine Mark versprochen, und dann sind wir heimgekommen.

Wir haben an der Tür warten müssen, weil meine Mutter nicht so schnell gehen kann und mit der Tante zurückgeblieben ist.

Im Hausgang hat die Tante gesagt: »In Gottes Namen, da bin ich also wieder. Nein, wie es hübsch ist bei dir! Du hast ja einen Kokusläufer da!«

Meine Mutter hat gesagt, daß der Gang im Winter so kalt ist, und daß sie den Läufer wegen ihrer Gesundheit angeschafft hat.

»Der Meter kostet gewiß vier Mark«, hat die Tante gesagt. »Man kriegt schon um eine Mark fünfzig recht schöne Läufer.«

Sie ist in ihr Zimmer gegangen, und ich habe ihre Sachen hineingetragen. Sie hat den Käfig auf den Tisch gestellt und hat zu dem Papagei gesagt: »So, Lorchen, da sind wir jetzt, und es wird uns schon gefallen.« Und dann hat sie ihren Mund an das Gitter gesteckt und hat ihn gelockt: »Su su! Wo ist das schöne Lorchen?« Und der Papagei hat den Kopf auf die Seite getan und ist auf der Stange zu ihr hingerutscht und hat seinen Schnabel in ihren Mund gesteckt.

Ich hätte es nicht tun mögen, wenn sie mir einen Sack voll Äpfel oder eine Torte geschenkt hätte.

Aber die Papageien sind alle ekelhaft. Ich dachte, ob er auch so herrutscht, wenn ich ihm ein paar Federn ausreiße, und ich dachte, wie er aussieht, wenn eine Stranitze voll Pulver bei ihm losgeht.

Vielleicht hat die Tante gemerkt, was ich denke, denn sie hat sich umgedreht und hat gesagt: »Daß du mir artig gegen Lorchen bist, du Lausbube!«

Da habe ich gesagt: »Ja, liebe Tante.« Und ich habe mich auch hingestellt und habe gerufen: »Lorchen! Wo bist du?«

Aber der Papagei ist gleich weg und hat sich in die Ecke gesetzt und hat einen Fuß aufgehoben. Und er hat die Augen aufgerissen, als wenn er schon weiß, daß ich ihm bald Pulver gebe.

Ich bin hinaus, und die Tante ist gleich zu meiner Mutter in das Wohnzimmer gegangen.

Da ist mir eingefallen, daß ich noch etwas tun muß, und ich bin ganz schnell in das Zimmer von der Tante und habe aus dem Krug den ganzen Mund voll Wasser genommen. Dann bin ich zum Käfig, und der Papagei ist wieder weggerutscht, und ich habe einen spanischen Nebel auf ihn gespritzt, daß er den Kopf hineingesteckt hat und mit den Flügeln geschlagen hat.

Dann bin ich geschwind in das Wohnzimmer. Meine Mutter hat der Tante etwas zu essen gegeben, und sie haben miteinander geredet, wie es ihnen geht.

Die Tante hat gesagt, sie muß sehr sparsam sein, weil sie so wenig Pension hat und kein Geld nicht. Sie möchte jetzt sehr froh sein, wenn sie von früher ein bißchen Vermögen hätte, aber ihr Josef hat nichts gespart von dem Gehalt, weil es wenig war und weil er geraucht hat und in der Woche zweimal ins Wirtshaus gegangen ist. Und von daheim hat sie auch nichts bekommen, weil ihre Brüder studiert haben und so viel gebraucht haben.

Da hat meine Mutter gesagt, daß mein Vater als Student gar nicht viel gebraucht hat.

»Woher weißt du das?« hat die Tante gefragt. »Er hat es mir oft erzählt«, hat meine Mutter gesagt. »Er hat Stunden gegeben auf dem Schimnasium, und wie er auf der Forstschule war, hat er auch einem jungen Baron Stunde gegeben.«

»Das hat er bloß so gesagt«, hat die Tante geantwortet und hat ein großes Stück von der Wurst in den Mund gesteckt.

Meine Mutter ist ganz rot geworden, und sie hat ihre Haube auf den Haaren fester gesteckt und hat gesagt: »Nein, Frieda, er hat in seinem ganzen Leben nie keine Unwahrheit geredet.«

Die Tante ist zuerst still gewesen, weil sie die Wurst kauen mußte, und sie hat sich die Nase gerieben. Und dann hat sie wieder geredet. »Wenn er Stunden gegeben hat, dann möchte ich bloß wissen, wo er das viele Geld hingetan hat. Ich weiß es doch besser, und wir drei Schwestern haben es büßen müssen, weil kein Vermögen nicht da war und keine was mitkriegte.«

»Warum redest du immer solche Sachen?« hat meine Mutter gefragt.

»Ich meine ja bloß«, hat sie gesagt, »und weil es wahr ist. Zum Beispiel hat mich der Assessor Römer gern gesehen, und er ist jetzt Regierungsrat in Ansbach, und er hätte mich geheiratet, wenn etwas dagewesen wäre, aber so natürlich hab ich bloß einen Postexpeditor gekriegt.«

»Du bist doch glücklich gewesen mit deinem Josef!« hat meine Mutter gesagt.

»Gott hab ihn selig!« hat die Tante gerufen. »Wir sind recht glücklich gewesen, aber ich wäre jetzt Regierungsrätin in Ansbach, wenn unsere Brüder nicht das ganze Geld gebraucht hätten.«

Ich habe mich furchtbar geärgert, daß sie über unseren Vater so redet, und ich habe gedacht, ob ich nicht vielleicht schon heute das Feuerwerk mit dem Papagei mache. Oder ob ich nicht geschwind noch einen spanischen Nebel spritze.

Aber die Tante ist aufgestanden, weil meine Mutter hinaus gegangen ist, und da habe ich gemerkt, daß es jetzt nicht geht.

Die Tante ist im Zimmer herumgegangen und hat alles angeschaut.

Unter dem Hirschgeweih ist das Bild von meinem Vater gehängt, wie er Student gewesen ist. Er hat eine Mütze gehabt und einen Säbel und große Stiefel. Meine Mutter sagt immer, er hat so ausgeschaut, wie sie ihn zuerst gesehen hat. Da haben sie einen Fackelzug gemacht, und mein Vater ist vorausgegangen. Die Tante hat das Bild angeschaut und hat wieder gesagt: »Da sieht man es doch ganz deutlich, wo er das viele Geld gebraucht hat!«

Dann ist sie bei der Kommode gestanden. Da hat Ännchen die Photographie von dem Herrn Amtsrichter hingestellt, und die Tante hat es gleich gesehen und hat mich gefragt: »Wer ist denn das?« Ich habe gesagt, das ist unser Amtsrichter. Da hat sie gefragt: »Wer ist unser Amtsrichter?«

Ich habe gesagt, der, wo immer zum Kaffee kommt, und er heißt Doktor Steinberger.

Da hat sie das Bild genommen und gesagt, so, so, aber er gefällt ihr gar nicht, er hat schon so wenig Haare und er schielt ziemlich stark und das Gesicht ist so dick, als wenn er gerne trinkt. Ich mag den Steinberger auch nicht besonders, weil er zu mir gesagt hat, ich soll gegen meine Schwester anständig sein, oder er nimmt mich einmal bei den Ohren.

Und ich mache Ännchen oft vor, wie er schielt, und dann heult sie. Aber es hat mich geärgert, daß die Tante etwas gegen ihn weiß, weil sie auch etwas gegen unsern Vater gewußt hat.

Ich habe gedacht, ob ich vielleicht in die Küche gehe und es ihnen sage, aber dann gibt es nichts Gescheites zum Essen, wenn sie immer hinauslaufen und heulen und sich die Augen waschen müssen. Ich habe gedacht, ich sage es, wenn das Essen vorbei ist.

Dann ist meine Mutter in das Zimmer gekommen und hat der Tante die Hand gegeben und hat gesagt, sie hat sich vorher ein bißchen geärgert, aber sie weiß, daß es vielleicht nicht recht war, und es ist vorbei.

Die Tante hat ihre Nase gerieben und hat gesagt, daß man sich natürlich nicht ärgern darf, wenn man die Wahrheit hört. Sie ist furchtbar gemein.

Ich bin hinausgegangen, und meine Mutter hat gerufen: »Wo gehst du denn hin, Ludwig? Wir essen gleich.« Ich habe gesagt, ich muß geschwind ein unregelmäßiges Verbum anschauen, weil ich vergessen habe, wie es geht.

Da hat meine Mutter freundlich gelacht und hat gesagt, das ist recht, wenn ich das unregelmäßige Verbum studiere, und man muß immer gleich tun, was man sich vornimmt.

Und zur Tante hat sie gesagt: »Weißt du, Frieda, ich glaube, unser Ludwig hat jetzt den besten Willen, daß er auf dem Schimnasium vorwärts kommt.« Ich bin recht laut gegangen bis zu meinem Zimmer und habe die Tür aufgemacht, dann bin ich aber ganz still in der Tante ihr Zimmer gegangen. Der Papagei hat mich gleich gesehen und ist von der Stange gehupft und in das Eck gekrochen. Ich habe schnell das Glas mit Wasser voll gemacht und bin zu ihm hin und habe ihn zweimal angespritzt, daß es von seinen Flügeln getropft hat.

Da hat er die Augen zugemacht, und er hat furchtbar gepfiffen, als wenn ich durch die Finger pfeife, und er hat geschrieen: »Lora!«

Da bin ich geschwind hinaus und in mein Zimmer und habe ein Buch genommen. Der Papagei hat noch einmal gepfiffen, und ich habe gleich gehört, wie die Tür vom Wohnzimmer aufgegangen ist und die Tante ist schnell gegangen und hat gesagt: »Ich weiß nicht, warum Lorchen ruft.«

Und dann ist es ein bißchen still gewesen, und dann hat sie in ihrem Zimmer geschrien: »Das ist ja eine Gemeinheit! Das arme Tierchen!«

Und sie hat meine Mutter gerufen, sie soll hergehen und soll es anschauen, wie das Lorchen patschnaß ist, und das kann niemand gewesen sein, wie der nichtsnutzige Lausbub.

Das bin ich.

Meine Mutter hat in mein Zimmer hereingeschaut, und ich habe vor mich hingemurmelt, als wenn ich das unregelmäßige Verbum lerne.

Da hat sie gesagt: »Ludwig, hast du den Papagei naß gemacht?«

Ich habe ganz zerstreut aus meinem Buch gesehen.

»Was für einen Papagei?« habe ich gefragt.

»Der Tante ihren Papagei«, hat sie gesagt. Da bin ich ganz beleidigt gewesen. Und ich habe gesagt, warum ich immer alles bin, und ich habe doch mein unregelmäßiges Verbum studiert, und ich kann es jetzt, und auf einmal soll ich einen Papagei naß gemacht haben.

Die Tante ist auch an die Tür gekommen und hat gerufen: »Wer ist es denn sonst?« Ich habe gesagt, das weiß ich nicht, vielleicht ist es der Schreiner Michel gewesen, der hat eine Holzspritze und kann furchtbar weit spritzen damit.

Die Tante hat gesagt, ich soll mitgehen, sie muß es untersuchen, und meine Mutter ist auch mitgegangen.

Wie wir in das Zimmer hinein sind, hat der Papagei gleich den Kopf unter die Flügel versteckt und hat furchtbar gepfiffen und hat seine Augen auf mich gerollt.

Die Tante hat geschrieen: »Siehst du, er ist es gewesen! Mein Lorchen ist so klug!«

Meine Mutter hat gesagt: »Wenn er aber doch sein unregelmäßiges Verbum studiert hat!«

»Du glaubst immer deinen Kindern«, hat die Tante gesagt. »Davon kommt es, daß sie so werden.«

Ich habe beim Fenster hinausgeschaut, und ich habe gesagt, ich glaube, daß der Michel vom Gartenzaun herüber gespritzt hat, weil das Fenster offen ist. Die Tante hat gesagt, es ist viel zu weit und viel zu hoch, und dann muß man es doch am Fenster sehen, und das Fenster ist kein bißchen naß.

Ich sagte, der Michel kann furchtbar gut zielen, und ich bin es einmal nicht gewesen.

Da hat Ännchen gerufen, daß wir zum Essen kommen, die Suppe steht schon auf dem Tisch, und wir sind gegangen.

Der Papagei hat sich immer geschüttelt und hat die Federn aufgestellt, und die Tante hat gesagt: »Mein Lorchen muß keine Angst nicht haben. Ich lasse mein Lorchen nicht mehr naß machen.«

Und sie hat mich furchtbar angeschaut, und der Papagei hat mich auch furchtbar angeschaut.

Aber ich habe gedacht, er wird noch viel ärger schauen, wenn das Pulver losgeht.

Beim Essen ist die Tante noch immer zornig gewesen; man hat es gekannt, weil ihre Nase vorne ganz weiß war und weil sie mit dem Löffel so schnell die Suppe gerührt hat.

Meine Mutter hat gesagt, sie soll sich die Freude von der Ankunft nicht verderben lassen.

Da hat sie gesagt, daß sie keine Freude nicht hat, wenn man ihr zuerst bös ist, weil sie die Wahrheit redet, und wenn man ein hilfloses Tier in den Tod treibt.

»Aber Frieda!« hat meine Mutter gesagt, »er ist doch bloß naß gemacht!« Und Ännchen sagte, daß ein kleines Bad keinem Vogel nicht schaden kann.

Da hat die Tante gesagt, sie wundert sich gar nicht, daß wir alle so feindselig sind, weil sie es schon gewohnt ist, und weil schon ihre Brüder so waren und haben doch das ganze Geld verbraucht.

Sie hat so getan, als wenn sie weinen muß, und sie hat sich die Augen gewischt. Aber sie hat keine Tränen daran gehabt. Ich habe es deutlich gesehen.

Meine Mutter ist ganz mitleidig geworden und hat gesagt, daß wir sie alle mögen, weil sie doch die Schwester von unserem lieben Papa ist, und sie soll glauben, daß sie auch bei uns daheim ist.

Da hat die Tante gesagt, sie will uns diesmal verzeihen, und sie will nicht mehr daran denken, was ihr die Familie schon alles angetan hat.

Sie ist auf einmal wieder lustig gewesen, und wie der Braten da war, hat sie mit der Gabel nach der Kommode gezeigt, wo das Bild vom Steinberger war, und sie hat gefragt: »Was ist das für ein häßlicher Mensch?«

»Wo?« hat meine Mutter gefragt. »Der dort auf der Kommode«, hat sie gesagt.

Meine Mutter ist ganz rot geworden, und Ännchen ist aufgesprungen und ist hinausgelaufen, und man hat durch die Türe gehört, daß sie heult.

Meine Mutter hat ihre Haube gerichtet und hat gesagt, daß der Steinberger oft zu uns kommt und daß er gar nicht häßlich ist.

»Er hat aber eine Glatze«, hat meine Tante gesagt. »Und er schielt mit dem linken Auge.«

»Er schielt nicht«, hat meine Mutter gesagt, »es ist bloß eine schlechte Photographie, und es ist überhaupt ein Glück, wenn man ihn kennt, weil er so tüchtig ist.«

Die Tante hat gesagt, sie will nicht, daß es in der Familie einen Streit gibt wegen einem fremden Menschen, aber sie hat nicht gedacht, daß er tüchtig ist, weil er so aussieht, als ob er das Bier gern mag.

Da ist meine Mutter auch hinausgegangen, und bei der Tür ist sie stehen geblieben und hat gesagt, daß sie sich fest vorgenommen hat, bei diesem Aufenthalte sich nicht mit der Tante zu zerkriegen, aber es ist furchtbar schwer.

Auf dem Gange hat sie mit Ännchen gesprochen; das hat man herein gehört, und Ännchen hat immer lauter geweint.

Die Tante hat das Essen nicht aufgehört, und sie hat immer den Kopf geschüttelt, als wenn sie sich furchtbar wundern muß.

Sie hat mich gefragt, ob Ännchen schon lange so krank ist. »Sie ist gar nicht krank«, sagte ich. »Das verstehst du nicht«, hat sie gesagt. »Deine Schwester ist sehr leidend mit kapute Nerven, weil sie auf einmal weinen muß, und ich habe es immer gedacht, daß sie schwächlich ist, sonst hätte sie auch meinen Koffer getragen.«

Meine Mutter ist auf einmal wieder hereingekommen und hat schnell gerufen, daß der Amtsrichter zum Kaffee kommt, und sie bittet die Tante, daß sie höflich ist.

Da ist die Tante beleidigt gewesen und hat gesagt, ob man glaubt, daß sie nicht fein ist, weil sie einen Postexpeditor geheiratet hat, und sie weiß schon, wie man sich benimmt, und ein Amtsrichter ist auch nicht viel mehr wie ein Expeditor.

Meine Mutter hat immer nach der Tür geschaut, ob sie vielleicht schon aufgeht, und hat gewispert, die Tante soll nicht schreien, er ist schon auf der Treppe, und sie hat es doch nicht so gemeint, sondern weil die Tante geglaubt hat, daß er häßlich ist.

Die Tante hat aber nicht stiller geredet, sondern sie hat laut gesagt: »Man ist auch nicht schön, wenn man eine Glatze hat und schielt.«

Da hat meine Mutter mit Verzweiflung auf die Decke geschaut, und sie hat weinen wollen, aber da ist die Tür aufgegangen, und der Steinberger ist hereingekommen und Ännchen auch, und ihre Augen waren noch rot.

Meine Mutter hat jetzt nicht weinen dürfen, sondern sie hat freundlich gelacht und hat gesagt: »Herr Amtsrichter, das freut mich sehr, daß Sie kommen, und ich stelle Ihnen meine liebe Schwägerin vor, von der ich Ihnen schon erzählt habe.«

Der Steinberger hat eine Verneigung gemacht, und die Tante hat ihn angeschaut, als wenn sie ihm einen Anzug machen muß.

Und dann hat der Steinberger gesagt, es freut ihn, daß er die Tante kennen lernt, und er hofft, daß es ihr hier gefallt. Und sie hat gesagt, sie hofft es auch, und wenn ihr Papagei nicht mißhandelt wird, gefallt es ihr gewiß.

Der Steinberger hat es aber nicht gehört, weil er Ännchen angeschaut hat, und er hat gefragt, warum sie rote Augen hat.

Ännchen sagte, daß der Herd so furchtbar raucht, und meine Mutter hat gesagt, daß man den Herd richten muß. Und die Tante hat gesagt, daß Ännchen überhaupt nicht kochen soll, mit so schwache Nerven, und weil sie kränklich ist.

Da hat meine Mutter ein zorniges Auge auf die Tante gemacht und hat gefragt: »Was weißt du von die Nerven? Ännchen ist gottlob das gesundeste Mädchen, was es gibt, und kocht alle Tage und macht die ganze Arbeit im Haus.«

Die Tante hat gelacht, als wenn sie es besser weiß, und dann haben wir uns hingesetzt, und Ännchen ist hinaus, daß sie den Kaffee kocht.

Der Steinberger hat die Tante gefragt, wo sie lebt, und sie hat gesagt, sie wohnt in Erding, weil es so billig ist und sie so wenig Pension hat, und dann hat sie ihn gefragt, ob er schon einmal in Ansbach war, und er hat gesagt, ja, er ist dort gewesen. Da hat sie gefragt, ob er den Regierungsrat Römer nicht kennt, und wie er gesagt hat, nein, er kennt ihn nicht, hat sie gesagt, daß sie sich wundern muß, weil er doch so bekannt ist. Der Steinberger hat gesagt, er ist bloß durchgefahren in Ansbach, und meine Mutter hat gesagt, dann ist es nicht möglich, daß er die Beamten kennt.

Aber die Tante hat gesagt, der Römer ist ein hoher Beamter und kommt gleich nach dem Präsident, da muß man ihn doch kennen. Und sie hat erzählt, daß sie eigentlich seine Frau sein muß, aber es ist nicht gegangen, weil sie aus einer Beamtenfamilie ist, wo die Söhne studiert haben. Meine Mutter ist sonst immer in der Küche und läßt Ännchen hereingehen, wenn der Steinberger da ist, aber heute ist sie nicht hinaus.

Ich glaube, sie hat sich nicht getraut, weil sonst die Tante geschwind etwas sagt, und sie ist immer auf ihrem Sessel gerutscht und hat die Tante gefragt, wie es dem Förster Maier geht, und ob seine Frau gesund ist, und wo die Kinder sind, und ob er noch den schönen Hühnerhund hat; da hat die Tante immer eine Antwort geben müssen, und wenn sie fertig war, hat sie geschwind den Steinberger anreden wollen, aber meine Mutter hat gleich wieder etwas gefragt.

Da ist der Steinberger aufgestanden und hat gesagt, er will nachschauen, ob der Herd noch raucht.

Da hat meine Mutter lustig gelacht, wie er draußen war, und hat gesagt, er ist immer so aufmerksam.

Die Tante hat gesagt, sie weiß nicht, die Photographie kommt ihr geschmeichelt vor, weil er noch stärker schielt in der Wirklichkeit.

Aber meine Mutter hat sich nicht geärgert, und sie hat jetzt die Tante gar nichts mehr gefragt über dem Förster Maier seinen Hühnerhund und seine Kinder, und sie hat fleißig gestrickt.

Und dann ist Ännchen hereingekommen mit dem Kaffee und den Tassen, und der Steinberger ist hinter ihr gegangen und hat gefragt, ob er nicht helfen kann.

Und dann haben wir Kaffee getrunken, und meine Mutter hat gelacht, wenn der Steinberger etwas gesagt hat, und Ännchen hat gelacht, aber die Tante hat nicht gelacht, und sie hat immer an ihre Nase gerieben.

Meine Mutter hat gefragt, ob es ihr schmeckt, und sie hat gesagt, sie weiß es nicht, weil es so ungewohnt ist, denn sie kann mit ihre Pension keinen Bohnenkaffee kaufen.

Da hat der Steinberger gesagt, das ist schade, denn der Kaffee ist das Beste, was es gibt, besonders wenn ihn Fräulein Ännchen kocht.

Die Tante hat ihn gefragt, ob er immer den Kaffee so gerne gemocht hat, und er hat gesagt, ja. Da hat sie gelacht und hat gesagt, das kann sie gar nicht glauben, weil die Studenten so gern Bier trinken.

Da hat er auch gelacht und hat gesagt, daß er nicht viel getrunken hat, weil er fleißig sein mußte und nicht viel Geld hatte.

Aber die Tante hat wieder gesagt, sie glaubt es einmal nicht.

»Warum glaubst du es nicht?« hat meine Mutter gesagt. »Es gibt doch viele Studenten, die kein Bier nicht trinken, und der Herr Amtsrichter hat keine Zeit dazu gehabt, und er mußte mit seinem Geld sparen.«

»Das weiß man schon, wie die Studenten sparen«, hat die Tante gesagt. »Wenn sie nichts mehr haben, so lassen sie alles aufschreiben. Das weiß niemand besser als ein Mädchen, von dem drei Brüder studieren. Und der Herr Amtsrichter hat so wenig Haar auf dem Kopf, da war er gewiß einmal recht lustig.«

Ännchen hat gerufen: »Aber Tante!« Und meine Mutter hat gerufen: »Aber Frieda!« Und sie hat gesagt: »Was habt ihr denn? Ich meine es im Spaß, und es ist doch wahr, daß man seine Haare verliert, wenn man recht lustig ist und ein bißchen gerne trinkt.«

Ich habe gemeint, der Steinberger ärgert sich. Aber er hat gelacht und hat gesagt, daß er schon oft in diesem Verdachte steht, aber er ist einmal krank gewesen, und da sind ihm die Haare weggekommen.

Er ist bald aufgestanden, weil er in seine Kanzlei muß, und er hat meine Mutter auf die Hand geküßt und hat vor der Tante eine Verneigung gemacht, und mich hat er lustig beim Ohr genommen und hat gesagt: »Sei recht brav, wenn du es fertig bringst, du Schlingel!«

Ännchen hat ihn bis zur Haustür begleitet; wie wir allein gewesen sind, hat meine Mutter gesagt: »Frieda, es ist schrecklich mit dir! Wenn er beleidigt ist, kann ich nie mehr gut sein mit dir.«

Und da ist auch Ännchen wieder gekommen und ist gleich auf das Kanapee hingefallen und hat geheult und hat gesagt, sie glaubt, daß der Steinberger nie mehr zum Kaffee kommt, und er ist viel schneller fort, wie sonst.

Die Tante hat noch eine Tasse vollgeschenkt und hat gesagt, sie hat noch keine Familie gesehen mit so kapute Nerven, und sie muß sich wundern, wo das herkommt.

Da habe ich gedacht, ich will schon machen, daß sie auch heult, und bin geschwind hinaus.

In meinem Zimmer habe ich das Pulver geholt, und eine Zündschnur habe ich auch gehabt, weil ich oft im Wald einen Ameisenhaufen in die Luft sprengen muß.

Ich habe das Pulver in ein Papier gewickelt und die Schnur hineingesteckt, und dann bin ich in der Tante ihr Zimmer und habe alles in den Käfig getan. Die Schnur ist so lang gewesen, daß sie fünf Minuten brennt, und sie ist herausgehängt.

Wie ich das Paket mit dem Pulver hineingeschoben habe, ist der Papagei ganz oben hinauf geklettert und hat seinen Schnabel aufgerissen und hat gepfaucht, wie eine Katze.

Ich bin noch mal auf den Gang hinaus und habe gehorcht, ob niemand kommt, es ist aber ganz still gewesen.

Da bin ich wieder hinein und habe das Zündholz angebrannt und an die Schnur gehalten. Es hat gleich geraucht. Der Papagei ist jetzt auf der Stange gesessen und hat den Kopf auf die Seite getan und hat Obacht gegeben auf mich. Ein Auge hat er zugedrückt, und mit dem andern hat er furchtbar geschaut. Wie die Zündschnur geraucht hat, ist der Papagei hergerutscht und hat seinen Kopf herausgestreckt und hat hinuntergeschaut, warum es raucht.

Ich dachte, er wird es schon noch merken und bin geschwind fort, aber wie ich an das Wohnzimmer gekommen bin, da bin ich langsam gegangen und bin ganz ruhig hinein, als wenn nichts ist.

Ännchen hat noch geweint, und meine Mutter war rot im Gesicht, und die Tante hat noch Kaffee getrunken. Ich glaube, sie haben es gar nicht gemerkt, daß ich fort war.

Die Tante hat gerade gesagt, sie weiß schon, daß man sie in unserer Familie nicht leiden kann, aber das ist immer der Dank von den Brüdern, wenn sie fertig sind und das ganze Geld gebraucht haben; dann kümmern sie sich nicht mehr um die Schwestern.

Da hat meine Mutter gesagt, daß unser Vater sich schon gekümmert hat um sie und daß er oft gesagt hat, es tut ihm leid, wenn die Frieda nirgends bleiben kann wegen ihrem bösen Mundwerk.

Die Tante hat den Kaffeelöffel auf den Tisch geworfen und hat geschrien: »Wenn er das gesagt hat, ist es eine Gemeinheit! So muß man es seiner Schwester machen! Zuerst das Geld verputzen, und dann...«

»Pfff-uum!«

Es hat einen dumpfen Knall gemacht, und das Küchenmädchen hat gleich furchtbar geschrien und ist herein gelaufen, und wie sie die Tür aufgemacht hat, da hat es furchtbar nach Pulver gerochen, und der Gang ist voll Rauch gewesen.

Ich habe vergessen gehabt, daß ich die Zimmertür von der Tante zumache.

Das Mädchen hat gerufen, es ist was los gegangen, sie glaubt, es brennt.

»Wo? Wo?« hat Ännchen geschrieen.

»Um Gottes willen, wo ist die Feuerwehr?« hat meine Mutter geschrieen.

Wir sind auf den Gang gelaufen, da hat man gesehen, daß der Rauch aus der Tante ihrem Zimmer kommt, und die Tante ist hinein, und da hat sie geschrien, als ob sie auf dem Spieß steckt.

»Um Gottes willen, was ist jetzt?« hat meine Mutter gesagt, und es ist ihr schwach geworden, daß sie nicht weiter gegangen ist. Ich habe gesagt, ich will ihr helfen, und bin bei ihr geblieben. Ännchen ist schon wieder aus dem Zimmer gekommen und hat gerufen: »Sei ruhig, Mamachen! Es ist bloß der Papagei!« Da ist die Tante herausgefahren aus ihrem Zimmer und hat geschrieen: »Was sagst du, es ist bloß der Papagei? Du rohes Ding! Du abscheuliches Ding!«

»Ich habe Mama beruhigt, daß es nicht brennt«, sagte Ännchen.

»Und das Tierchen sitzt ganz voll Pulver in seinem Käfig, und sie sagt, es ist bloß der Papagei! Du rohes Ding!« schrie die Tante.

»So sei doch ruhig, Frieda!« hat meine Mutter gesagt. »Vielleicht ist es nicht so arg.«

»Ihr helft alle zusammen!« schrie die Tante, und dann ist sie gegen mich gelaufen und hat noch lauter geschrien: »Du bist der Mörder! Du bist der ruchlose Mörder!«

»Schimpfe ihn nicht so!« hat meine Mutter gesagt. »Er ist ganz unschuldig; er ist doch im Zimmer gewesen.«

Ich sagte, ich bin es schon gewohnt, daß die Tante immer mir die Schuld gibt, aber es ist mir zu dumm, und ich sage gar nichts. Ich weiß noch gar nicht, was geschehen ist.

»Du weißt es schon!« schrie die Tante. »Du hast es getan, und sonst hat es niemand getan. Aber du mußt gestraft werden, wenn auch deine Mutter auf die Kniee bittet!«

»Ich bitte dich gar nichts, Frieda, als daß du nicht so schreist«, hat meine Mutter gesagt.

Wir sind jetzt auch in das Zimmer gekommen, und der Rauch war schon beim Fenster hinaus, aber es hat doch nach Pulver gerochen und nach verbrannte Federn.

Der Papagei ist auf dem Boden von dem Käfig gesessen, aber er war nicht mehr grün und rot. Er war ganz schwarz. Die Schwanzfedern sind verbrennt gewesen und struppig und sind auseinander gestanden. Der Kopf ist auch ganz schwarz gewesen, und die Augen sind gewesen wie von einer Eule so groß. Er ist ganz still gesessen und hat mich angeschaut. Ich glaube, er hat sich furchtbar gewundert, wie es losgegangen ist.

»Er lebt doch!« hat meine Mutter gesagt. »Er wird schon wieder gesund werden.«

»In diesem Hause nicht!« hat die Tante geschrieen. »In diesem abscheulichen Hause lasse ich das Tierchen keinen Tag nicht mehr! Ich gehe heute noch fort!«

Und sie ist aber auch fortgegangen.

Die Indianerin

Auf einmal ist die Cora zu uns gekommen, und ich habe gar nichts von ihr gewußt.

Sie ist die Tochter vom Onkel Hans, der in Bombay ist, weil er nichts gelernt hat und davongejagt worden ist. Aber jetzt hat er viel Geld und eine Teepflanzung, und er schaukelt in einer Hängematte, und die Sklaven müssen fächeln, daß keine Fliege hinkommt.

Die Cora hat mir gleich gefallen. Sie hat schwarze Augen und schwarze Haare und lacht furchtbar. Aber nicht so, wie die Rosa von der Tante Theres, die immer die Hand vortut, daß man ihre abscheulichen Zähne nicht sieht.

Wie die Cora gekommen ist, hat sie mir die Hand geschüttelt, als wenn sie ein Junge wäre, und sie hat meine Mutter am Kopf genommen und hat gesagt, daß sie eine famose Frau ist, und hat sie geküßt.

Und zu Ännchen hat sie gesagt, daß sie ein hübsches Mädchen ist, und wenn sie ein junger Mann wäre, möchte sie ihr schrecklich den Hof machen. Und zu mir hat sie gesagt, daß ich gewiß ein strebsamer Student bin und noch ein Gelehrter werde mit Brillen auf der Nase. Da hat sie aber gelacht, weil meine Mutter seufzte. Ich habe ihr schon erzählt, daß ich gar nicht strebsam bin, und daß ich es machen möchte wie der Onkel Hans, und ich möchte nach Bombay gehen und Tiger schießen.

Sie hat gesagt, vielleicht kann sie mich mitnehmen, aber ich muß es gut überlegen, weil die Tiger so gefährlich sind. Da habe ich gesagt, ich sitze auf einem Elefanten und schieße von oben herunter, und wenn der Tiger recht wild wird, kann er meine Sklaven fressen, die daneben herlaufen.

Sie hat gesagt, das ist wahr. Ich bin ein gescheiter Kerl, und wenn ich mit dem Gymnasium fertig bin, muß ich hinüberkommen.

Ich habe gesagt, das dauert mir zu lang, und man braucht doch kein Gymnasium nicht, wenn man nach Indien will. In den Büchern steht immer, daß ein Knabe durchbrennt und auf dem fremden Erdteil furchtbar viel Geld kriegt und auf Weihnachten als reicher

Mann heimkommt. Das möchte ich auch, weil dann die Tante Theres die Augen aufreißt und neidisch ist, weil ich meiner Mutter einen ganzen Koffer voll Pelze mitbringe.

Cora hat gelacht und hat gesagt, ich muß es noch verschieben, weil ich viel lernen muß, daß unsre Mutter sich auch ohne Pelze freuen kann.

Ich bin immer bei Cora gewesen, wenn ich frei gehabt habe. Wir sind oft auf den Stadtplatz gegangen, weil die Musik gespielt hat, und alle Leute sind um den Springbrunnen gestanden oder gegangen. Die Herren haben immer geschaut, wenn wir gekommen sind, und am meisten hat der Apothekerprovisor geschaut. Er heißt Oskar Seitz. Ich weiß es, weil die Tante Theres so viel erzählt von ihm, denn sie glaubt, er mag die Rosa heiraten. Er ist in der Engelapotheke, und ich kann ihn nicht leiden, weil er so protzig tut, wenn man Bärenzucker kauft. Wenn Mädchen im Laden sind, muß man furchtbar lang warten, und da habe ich einmal mit meinem Geld auf den Tisch geklopft und habe gesagt, es ist eine Schweinerei, wie schlecht man heutzutage bedient wird. Da hat er gesagt, ich bin ein frecher Lausejunge, und er haut mir noch einmal auf die Ohren. Da habe ich gesagt, ich will mich bei seinem Prinzipal beschweren, und meinen Bärenzucker muß ich leider wo anders beziehen. Da hat er mich nicht mehr leiden können. Ich habe es der Cora erzählt, und wenn wir ihn gesehen haben, hat sie immer lachen müssen. Der Seitz hat gegrüßt und hat seine Augen furchtbar groß gemacht. Sie stehen ihm ganz weit heraus und sind grün, wie die von einer Katze. Er hat sich immer umgedreht nach uns und ist immer so gegangen, daß er wieder bei uns vorbeigekommen ist. Einmal ist die Cora von mir weggegangen, weil sie eine Freundin von Ännchen gesehen hat. Da ist der Seitz zu mir und hat freundlich getan. Er hat gefragt, wie es mir geht und wie es meiner Mutter geht. Ich habe gesagt, es geht uns gut. Da hat er gefragt, ob wir Besuch haben, und ob es wahr ist, daß die junge Dame von Indien ist. Ich habe gesagt, sie ist von Indien. Da hat er gesagt, das ist sehr interessant, und ob sie noch lange bleibt und wer ihre Eltern sind. Ich habe gesagt, daß ihr Papa der Onkel Hans ist, der ganze Schiffe voll Tee nach Europa schickt. Er hat mir die Hand gegeben und hat gesagt, ob ich nicht wieder komme, und er schenkt mir Bärenzucker. Ich habe gesagt, vielleicht komme ich. Am Sonntag Vormittag hat es bei uns geläutet, und wie ich aufgemacht habe, ist der Seitz dagewesen in einem schwarzen Anzug und mit gelbe Handschuhe. Er hat gesagt, er will nur meine Mutter besuchen, weil er sie lange nicht mehr gesehen hat. Ich habe ihn in das schöne Zimmer geführt, und meine Mutter hat sich gefreut, daß er so aufmerksam ist, und sie ist hinein; und ich bin auch hinein. Der Seitz hat sich auf das Kanapee gesetzt und hat den Hut auf die Kniee gehalten. Meine Mutter hat gesagt, das ist schön, daß er uns die Ehre gibt, und wie es ihm geht. Er hat gesagt, es geht ihm gut, aber natürlich man muß viel arbeiten, weil noch oft Leute bei der Nacht kommen und eine Arznei wollen, und es ist merkwürdig, wie viele Krankheiten es in der Stadt gibt. Meine Mutter hat gesagt, daß es traurig ist, aber sie hofft, es wird jetzt im Sommer besser, weil sich die Leute nicht so verkälten. Er hat gesagt, er hofft es auch, und dann hat er seinen Hut gehalten und hat furchtbar gegähnt, daß seine Augen naß geworden sind. Dann hat er wieder gesagt, es gibt aber auch im Sommer viele Krankheiten und es hört nie auf. Er hat im Zimmer herumgeschaut, als wenn er auf jemand wartet, und meine Mutter hat gefragt, ob der Herr Apotheker gesund ist. Er ist schon gesund, hat er gesagt, und er geht jetzt aufs Land. Meine Mutter hat gesagt, natürlich, der Herr Apotheker kann beruhigt aufs Land gehen, weil der Herr Seitz da bleibt und das ganze Geschäft führt. Sie hat es von der Tante Theres gehört, wie tüchtig der Herr Provisor ist. Er hat wieder den Hut vorgehalten und hat gegähnt. Und dann hat er gefragt, wie es dem Fräulein Ännchen geht. Meine Mutter hat freundlich gelacht und hat gesagt, es geht ihr gottlob gut, und sie ist ein kerngesundes Mädchen. Da hat der Seitz gesagt, er freut sich schon auf den Winter, wenn er mit ihr tanzen darf, und ob sie vielleicht wieder auf den Harmonieball kommt. Meine Mutter hat gesagt, wenn sie noch das Leben hat, geht sie mit Ännchen hin, und es tut ihr leid, daß Ännchen nicht zu Hause ist; aber sie ist mit unserer Nichte fortgegangen. Mit welcher Nichte? hat der Seitz gefragt. Mit Mistreß Pfeiffer, hat meine Mutter gesagt. Ach ja, hat der Seitz gesagt, es ist vielleicht die ausländische Dame? Jawohl, hat meine Mutter gesagt, es ist das hindianische Mädchen. Der Seitz hat gesagt, er hat davon gehört, und es ist sehr interessant, daß wir von so weit einen Besuch kriegen, und er hat als Apotheker ein großes Interesse für Indien, weil die meisten Arzneien davon herkommen. Meine Mutter hat gesagt, es ist sehr schade, daß Cora nicht da ist, denn sie könnte dem Herrn Provisor gewiß alles erzählen, weil sie ein sehr gebildetes Mädchen ist. Der Seitz ist aufgestanden und hat gesagt, er muß jetzt gehen, und er hat gottlob gesehen, daß meine Mutter in der besten Gesundheit ist, und es findet sich vielleicht schon eine Gelegenheit, daß er auch die Fräulein Nichte kennen lernt, weil man jetzt an den warmen Abenden öfter auf den Keller geht. Dann ist er gegangen, und vor der Türe hat er zu mir gesagt, er hofft, daß ich bald einen Bärenzucker hole.

Wie die Cora heimgekommen ist, habe ich ihr gleich erzählt, daß der Seitz dagewesen ist, und sie hat gelacht. Aber sie hat mir nicht gesagt, warum sie lachen muß. Ich glaube, weil er so grüne Augen hat und sie so weit heraushängen läßt.

Am Nachmittag ist die Tante Theres gekommen mit ihrer Rosa, und der Onkel Pepi ist auch gekommen mit der Tante Elis. Wir sind im Gartenhaus gesessen und haben Kaffee getrunken. Meine Mutter war sehr lustig, weil so viele Leute beisammen waren, und Cora hat gleich die Kaffeekanne genommen und hat eingeschenkt. Sie hat den Onkel Pepi gefragt, ob er hell oder dunkel will. Da hat er gesagt, er mag dunkel gern, und hat Cora angeschaut und hat gelacht. Die Tante Elis hat seine Tasse weggezogen und hat gesagt, er darf nicht gleich trinken, weil der Kaffee zu heiß ist. Meine Mutter hat gelacht und hat gesagt, ob sie will, daß der Onkel Pepi noch schöner wird, weil man schön wird, wenn man den Kaffee kalt trinkt. Die Tante Elis ist rot geworden und hat gesagt, er ist ihr schön genug, und für andere Leute braucht er nicht schön zu sein. Cora hat gemeint, es ist Spaß, weil sie die Tante Elis noch nicht recht kennt, und sie hat mit dem Finger gedroht und hat gefragt, ob vielleicht die Tante eifersüchtig wird, wenn der Onkel Pepi noch schöner wird. Da hat die Tante Elis gesagt, daß man in Deutschland nicht eifersüchtig sein muß, weil die Frauen in Deutschland anständig sind. Meine Mutter hat ihre Haube gerichtet. Das tut sie immer, wenn sie ärgerlich wird. Aber Cora hat getan, als wenn sie nichts merkt, und hat der Tante Theres eingeschenkt, und dann hat sie der Rosa einschenken wollen. Aber die Rosa hat geschwind ihre Hand über die Tasse gehalten und hat gesagt, sie trinkt später und schenkt sich schon selber ein.

Eine Zeitlang ist gar nichts geredet worden; der Onkel Pepi hat seine Schnupftabakdose in der Hand herumgedreht, und die Rosa hat aus ihrer Samttasche die Spitzen geholt und hat furchtbar gehäkelt, und die Tante Theres hat gestrickt, und die Tante Elis hat ihre Hände über den Bauch gefaltet und hat herumgeschaut. Die Cora ist neben Ännchen gesessen und hat ihr einen Zwieback in den Mund geschoben, und dann haben alle zwei lustig gelacht. Aber die Tante Elis hat den Kopf geschüttelt und hat den Onkel Pepi angeschaut, und dann hat sie wieder den Kopf geschüttelt. Und die Tante Theres hat eine Stricknadel aus dem Strumpf gezogen und hat sich an die Nase gekitzelt und hat die Tante Elis angeschaut, und dann haben sie miteinander den Kopf geschüttelt. Die Cora hat meine Mutter beim Kinn genommen und hat gesagt: »Altes Mamachen, du trinkst gar keinen Kaffee nicht; er ist doch ganz echt von Indien.« Und sie hat ihr einen Kuß gegeben. Die Tante Elis hat noch stärker den Kopf geschüttelt, und die Tante Theres hat gesagt, sie muß sich auch wundern, daß meine Mutter den Kaffee nicht mag, weil sie doch sonst eine solche Vorliebe für das Indische hat. Da hat sich der Onkel Pepi getraut und hat gesagt, daß der Kaffee ausgezeichnet ist, und er hat noch nie einen so guten getrunken. Die Tante Elis hat die Augen zu ihm hingedreht und hat gesagt, wenn er mehr Gehalt hätte, und wenn sie nicht jeden Pfennig anschauen muß, dann hätten sie alle Tage einen feinen Bohnenkaffee. Cora hat freundlich den Onkel angelacht und hat gesagt, wenn er vielleicht ihren Papa in Bombay besucht, kann er den allerbesten trinken. Da ist die Tante Elis wieder rot geworden und hat gesagt, daß der Onkel Pepi daheim gut aufgehoben ist und nicht fortzureisen braucht. Und die Tante Theres hat furchtbar mit dem Kopf genickt und hat mit ihrer Stricknadel in die Zähne gestochen. Und dann hat sie ganz langsam gesagt: »Bleibe im Lande und nähre dich redlich!«

Der Onkel Pepi hat nichts gesagt und hat geschnupft. Aber die Cora hat sich nichts daraus gemacht und hat die Rosa gefragt, was sie für eine Arbeit macht. Sie macht einen Sofaschoner, hat die Rosa gesagt und hat gar nicht aufgeschaut. Da hat die Cora gesagt, es muß sehr langweilig sein, wenn man so ein großes Stück häkelt, und es ist vielleicht gescheiter, wenn man es billig kauft. Die Tante Theres hat zur Tante Elis Augen gemacht und hat geseufzt, und dann hat sie gesagt, daß sich in Deutschland die Mädchen nützlich beschäftigen müssen, und daß nicht alle Leute Geld haben zum Kaufen. Da ist Cora auch ein bißchen rot geworden und hat gefragt, ob es so nützlich ist, wenn man ein halbes Jahr lang arbeitet und dann nichts hat als einen Sofaschoner.

Die Tante Theres hat angefangen zu schielen, und ich habe gewußt, daß sie jetzt ganz wild ist. Sie hat gesagt, daß es jedenfalls nützlicher ist, als wenn die Mädchen nichts tun. Vielleicht ist es bei den Indianern anders. Da hat meine Mutter dareingeredet, daß man sehr brav sein kann und nicht häkelt, und daß man häkeln kann und nicht brav ist. Da hat Cora lustig gelacht und hat gesagt, daß meine Mutter eine famose Frau ist, und sie holt auch eine Handarbeit, damit sie für die Tanten brav ausschaut. Sie ist aufgestanden, und Ännchen ist mit ihr gegangen. Wie sie weg gewesen ist, hat meine Mutter ihre Haube noch fester gesteckt und hat gesagt, sie begreift nicht, wie man sich so benehmen kann. »Wer?« hat Tante Elis gefragt. »Ihr zwei«, hat meine Mutter gesagt. Da hat die Tante Theres gelacht, als wenn sie einen furchtbaren Spaß hat, und die Tante Elis hat gerufen: »Nein, du bist köstlich!« Und die Rosa hat gekichert, daß man ihre schmutzigen Zähne gesehen hat. Die Tante Elis hat noch einmal gerufen: »Du bist wirklich köstlich!« Und Tante Theres hat gesagt: »Ärgere dich nicht, Elis, das Indianerkind ist eben eine Perle.«

»Was hat sie euch getan?« hat meine Mutter gefragt. »Hat sie euch beleidigt?«

»Das möchte ich ihr nicht raten«, hat Tante Theres gesagt und hat furchtbar geschielt und hat ihre Stricknadel in den Wollknäuel gestochen, als wenn er ihr Feind ist. Und Tante Elis hat gesagt: »Wie benimmt sich denn dieses Mädchen überhaupt?«

»Sie benimmt sich sehr fein«, hat meine Mutter gesagt.

Da hat Tante Elis den Kaffeelöffel auf den Tisch hineingeworfen und hat gefragt, ob es vielleicht fein ist, wenn ein Mädchen so mit ihren Augen herumschmeißt auf alte Männer, die nie gescheit werden, und ob es vielleicht anständig ist, einen Mann aufzuhetzen gegen seinen Kaffee, den er daheim kriegt?

Und Tante Theres hat gesagt, sie erlaubt ihrer Rosa nicht, daß sie zu viel verkehrt mit dieser exotischen Erscheinung. Meine Mutter hat ganz verwundert geschaut. Sie versteht es nicht, warum alle so bös sind auf Cora. Sie hat sich gefreut auf Deutschland, und jetzt schimpfen die Verwandten darauf. Tante Elis hat gesagt, wenn man nicht blind ist, sieht man es schon, daß dieses Mädchen keine Erziehung hat. Cora hat erst nach drei Wochen bei ihr einen Besuch gemacht, und wie sie da war, hat sie ganz unanständig gelacht über den ausgestopften Mops im Wohnzimmer, und dann ist sie nicht mehr gekommen, aber ein gewisser Mann, der nie gescheit wird, sagt jetzt auch, daß der ausgestopfte Buzi ekelhaft ist, und den Kaffee will er auch nicht mehr, aber sie will sehen, ob sie ihrem Mann den Kopf verdrehen läßt.

Tante Theres hat so stark gestrickt, daß sie mit den Nadeln geklappert hat, und sie hat gesagt, wie sich die Cora gegen die jungen Herren benimmt, das ist eine Schande. Vielleicht geht so was in Bombay, aber nicht hier in Weilbach, wo man noch Anstand hat, und sie hat kein Korsett nicht an.

Rosa hat ihren Kopf so hineingesteckt, als wenn sie sich schämen muß wegen ihre Verwandte, und alle haben nicht gesehen, daß hinten am Zaun der Apotheker Seitz vorbei ist. Er ist dort gestanden und hat immer gegrüßt, aber ich habe mit Fleiß getan, als wenn ich ihn nicht kenne. Da ist er gegangen und hat immer umgeschaut. Wie er fort war, hat die Tante Theres immer noch geredet und hat gesagt, daß es in der ganzen Stadt aufgefallen ist, wie neulich die Cora den Herrn Provisor Seitz angelacht hat. Sie glaubt, daß der Provisor ein solches Benehmen sich gar nicht erklären kann.

Da habe ich gesagt, vielleicht ist der Seitz deswegen am Zaun gestanden, daß man es erklärt.

Die Rosa ist mit ihrem Kopf in die Höhe und hat gefragt: »Wer war am Zaun?« »Der Seitz mit die grüne Augen«, habe ich gesagt. »Der Lausbub lügt«, hat Tante Theres gerufen. »Ich lüge nicht«, habe ich gesagt, »der Seitz ist immer dort gestanden und hat mit seinem Hut geschwenkt, aber niemand hat auf ihm aufgepaßt; da ist er weg.« Die Rosa hat mich angefahren, warum ich nichts gesagt habe. Weil die Tante geredet hat, und man darf keine älteren Leute nicht unterbrechen, habe ich gesagt. Da haben sie mich giftig angeschaut, und die Tante Theres hat meine Mutter gefragt, ob sie kein Wort findet gegen mich, weil ich schuld bin, wenn der Provisor beleidigt ist. »Es ist wahr, Ludwig«, hat meine Mutter gesagt, »du mußt uns das nächste Mal aufmerksam machen.«

»Das nächste Mal!« hat die Tante geschrieen. »Glaubst du vielleicht, daß ein Mann wie der Herr Seitz sich so etwas gefallen läßt?«

»Der Herr Seitz weiß schon, daß ich ihn nicht beleidigen will«, hat meine Mutter gesagt. »Er ist heute bei uns gewesen, und wir haben uns sehr gut unterhalten.« - »Wer ist bei dir gewesen?« hat die Tante gefragt. »Der Herr Provisor Seitz; er hat einen Besuch bei uns gemacht.« Die Rosa hat ihre Augen aufgerissen und hat die Tante angeschaut. Da habe ich mit Fleiß gesagt, daß mir der Seitz Bärenzucker versprochen hat, weil ich ihm von der Cora erzählt habe.

Die Rosa ist aufgesprungen, daß sie eine Tasse umgeschmissen hat, und sie hat ihre Häkelei in die Samttasche geworfen und hat gesagt, sie bleibt nicht mehr. Und Tante Theres hat auch ihren Strumpf eingepackt, und wie sie fertig war, hat sie zu meiner Mutter gesagt, es ist abscheulich, daß sie noch in ihre alten Tage ein Komplott macht.

»Was für ein Komplott?« hat meine Mutter gefragt, und sie ist ganz erstaunt gewesen. Aber die Tante Theres hat gesagt, sie soll um Gotteswillen sich nicht so unschuldig stellen, und sie wird noch sehen, ob sie einen Dank hat von der Indianerin. Dann sind sie gegangen. Die Cora ist gerade gekommen mit einer Decke, wo sie öfter stickt. Aber sie sind an ihr vorbei und haben getan, als wenn sie nichts sehen. Cora hat gefragt, was geschehen ist. »Ich weiß es nicht«, hat meine Mutter gesagt. »Weißt du es, Elis?« Die Tante Elis ist aufgestanden und hat gesagt: »Man sieht verschiedenes und sagt nichts, und man kann vieles sagen, aber man schweigt lieber.«

Sie hat dem Onkel Pepi gewinkt, daß er mitgehen muß, und er hat seine Tabakdose eingepackt und ist hinter der Tante gegangen.

Wie sie nicht hingeschaut hat, da hat er den Kopf umgedreht, aber sie hat es gesehen, und er hat vorangehen müssen.

Meine Mutter ist auf ihrem Stuhl gesessen und hat den Kopf geschüttelt.

Sie hat nicht gewußt, was die Tanten haben. Aber ich weiß es, und sie ärgern sich, weil der Seitz seine Augen nicht so weit heraushängt, wenn er bloß die Rosa sieht.

Franz und Cora

Den Reiser Franz habe ich furchtbar gern. Er ist in der Koller-brauerei, daß er sieht, wie man das Bier macht, weil sein Vater auch eine Brauerei hat. Er hat mir erzählt, daß er daheim eine Jagd hat, und ich darf einmal bei ihm schießen. Er wohnt gleich neben uns, und wir kommen immer am Gartenzaun zusammen. Er läßt mich von seiner Zigarre rauchen und lacht furchtbar, wenn ich ihm erzähle, daß ich jemand geärgert habe, und er sagt, daß man sich von einem Professor nichts gefallen lassen muß.

Er ist stark und kann hoch springen, und er kann gut turnen. Ich habe ihn gesehen, daß er mit den Bräuburschen im Spaß gerauft hat, und er hat alle hingeschmissen. Er hat mir vorher in der Woche ein paarmal gepfiffen, daß ich zu ihm hingehe, aber jetzt kommt er jeden Tag an den Gartenzaun, und ich muß mit ihm reden. Vorher hat er oft keinen Kragen angehabt und ist in Hemdärmeln gewesen, aber jetzt hat er immer einen Kragen um. Er ist auch nicht mehr so lustig. Vorher, da hat er mir oft gezeigt, wie er auf den Händen gehen kann, und er hat meine Tante Elise nachgemacht, wie sie bloß einen Zahn hat, und er hat mir einen Pulverfrosch gegeben, daß ich ihn wo loslasse.

Aber jetzt macht er die Tante nicht mehr nach, und wenn ich einen Frosch haben will, sagt er, das muß man nicht tun. Wenn es so knallt, erschreckt vielleicht jemand. Da habe ich mich gewundert. Ich habe ihm erzählt, daß ich heuer vielleicht repetieren muß, da hat er gesagt, daß es traurig ist wegen meiner Mutter, und ich soll probieren, ob ich nicht durchkomme. Ich habe gesagt, es liegt mir nichts daran, weil ich nicht weiter studieren will. Er hat den Kopf geschüttelt, und er hat gesagt, ich verstehe es noch nicht, sonst möchte ich furchtbar lernen.

»Warum?« habe ich gefragt.

»Weil man keinen Respekt nicht hat vor einem ungebildeten Menschen«, hat er gesagt, »und wenn einer auf keinem Gymnasium war und vielleicht bloß in einer Brauerei ist, muß man es deutlich merken, daß man viel weniger ist, und auch die Mädchen geben nicht acht auf einen.«

Ich habe gesagt, die Mädchen lernen doch selber nichts.

»Sie brauchen es nicht«, hat er gesagt; »wenn sie hübsch sind und auf dem Klavier spielen, ist es schon genug. Aber ein Mann, der nicht studiert hat, gilt gar nichts.«

Er ist sehr traurig gewesen, und dann hat er mich gefragt, wie es dem Fräulein Cora geht.

Der Cora geht es ganz gut, hab ich gesagt.

Ob sie nicht von ihm redet, hat er gefragt.

Ich habe gesagt, sie redet schon von ihm, aber nicht viel.

Da hat er gesagt, ob es freundlich war, was sie geredet hat. Ich habe gesagt, ich weiß es nicht mehr so genau. Einmal hat sie zu mir gesagt, ob vielleicht der Herr Reiser das Bier macht, was wir trinken, und es war nicht gut auf diesen Abend. Aber sonst weiß ich nicht mehr, ob sie noch etwas gesagt hat.

Da ist der Franz wieder traurig gewesen und hat den Kopf geschüttelt, und er hat gesagt, er glaubt nicht, daß sie sonst etwas von ihm redet, denn sie meint, er kann nichts als vielleicht das Biermachen. Und sie hat gewiß keinen Respekt nicht vor ihm, weil er nicht auf einem Gymnasium war. Und dann hat er mir gesagt, ich muß recht aufpassen, was die Cora von ihm redet; und dann ist er gegangen.

Ich habe gedacht, ich will zu ihm helfen, weil ich ihn gerne mag, und beim Abendessen, da habe ich wieder daran gedacht. Wir haben Schinken gegessen und Salat, wo harte Eier darauf waren, und das Bier war sehr frisch. Meine Mutter hat es gelobt und hat gesagt, sie freut sich den ganzen Tag schon auf ihr Quart Bier, und es schmeckt so gut. Da habe ich sie gefragt, ob man Respekt haben muß vor einem, wenn er gutes Bier macht. Meine Mutter hat gesagt, man muß Respekt haben vor jedem, der seinen Beruf versteht. Ich habe gefragt, ob sie meint, daß vielleicht ein Professor mehr versteht als einer, der gutes Bier macht. Man kann es nicht vergleichen, hat sie gesagt, und wo einen der liebe Gott hinstellt, da muß man seine Pflicht erfüllen. Das ist die Hauptsache. Ich habe gesagt, wenn einen der liebe Gott hinstellt, daß man Bier macht, warum tun dann die Menschen glauben, daß ein Professor mehr ist, weil er auf dem

Gymnasium war? Die Cora hat furchtbar gelacht, und sie hat gesagt, ich bin auf einmal ein tiefsinniger junger Mann, und sie hat einen Verdacht, daß ich jetzt Bier machen will.

»Um Gottes willen«, hat meine Mutter gerufen; »du hast doch keine solchen Gedanken nicht, Ludwig, daß du von dem Schimnasium weggehst?«

Nein, habe ich gesagt, aber warum sie das Weggehen so erschreckt? Wenn mich doch der liebe Gott dazu hinstellen will, muß ich dabei meine Pflicht tun.

Es ist nicht der liebe Gott, hat meine Mutter gesagt, sondern es ist deine Faulheit.

Ich will doch gar nicht weg, habe ich gesagt. Aber jetzt sieht man es deutlich, daß ihr bloß Respekt habt vor dem Gymnasium.

Die Cora hat wieder gelacht, und sie hat wieder gesagt, vielleicht ist für meine Betrachtungen der Herr Reiser schuld, weil ich jetzt so oft bei ihm bin.

Da bin ich zornig geworden. Er ist nicht schuld, habe ich gesagt, er sagt immer, ich muß studieren, weil man sonst nichts ist, aber ich habe ihn getröstet.

»Wie hast du das gemacht?« hat Cora gefragt.

»Ich habe ihm gesagt«, habe ich gesagt, »daß die Mädchen bloß deswegen glauben, das Gymnasium ist etwas Besonderes, weil sie selber nichts lernen.«

»Von welchen Mädchen sprichst du?« hat meine Mutter gefragt.

»Ich rede von allen Mädchen«, habe ich gesagt, »weil alle gleich sind. Sie meinen, wenn man eine Brille auf hat, ist man gescheit.«

»Was weißt du von den Mädchen?« hat meine Mutter gefragt. »Wie kannst du bei deinem Alter solche Reden machen?«

Aber Cora hat ihr die Hand gestreichelt und hat gesagt: »Du mußt nicht böse sein, Mamachen, mit Ludwig. Er ist nur ein bißchen strenge mit uns Mädchen.« Dann hat sie zu Ännchen geblinzelt, und dann haben sie furchtbar gelacht.

Und wie ich gute Nacht gesagt habe, da ist die Cora ganz freundlich zu mir gewesen, und sie hat zu mir gesagt, sie muß mir ein
Geheimnis sagen. An der Tür hat sie mir ganz still ins Ohr gesagt,
ich muß dem Herrn Reiser sagen, er soll sich eine Brille anschaffen,
denn sonst kann er keinem Mädchen nicht gefallen.

Ich glaube aber nicht, daß sie es ernst gemeint hat, weil ich auf
der Stiege gehört habe, daß Cora und Ännchen gekichert haben.
Am andern Tage bin ich wieder zum Gartenzaun hin, und der
Franz ist schon dagewesen. Er hat mich gefragt, ob ich meine Auf-
gabe schon gemacht habe. Ich habe sie noch nicht gemacht gehabt,
aber ich habe ja gesagt. Dann hat er mit dem Daumen auf unser
Haus gezeigt und hat gefragt, ob man von ihm geredet hat. Ich habe
es ihm erzählt, daß ich wegen ihn gestritten habe, und daß Cora
gesagt hat, er muß eine Brille kaufen. Da ist er wieder ganz traurig
gewesen und hat gesagt, daß sie ihn ausspottet. Ich habe gesagt, er
muß darauf pfeifen; ich mag die Cora gut leiden, weil sie lustig ist,
aber wenn sie mich spotten will, zeige ich ihr gleich, daß man auf
ein Mädchen nicht aufpaßt.

Der Franz hat den Kopf geschüttelt und hat gesagt, bei ihm ist es
anders, und es ist furchtbar traurig; ich verstehe es noch nicht, aber
es ist ein sehr großes Unglück für ihn.

Ich habe gesagt, ich möchte wissen, warum alle so seufzen, wenn
sie von der Cora reden.

»Wer alle?« hat er schnell gefragt.

»In der Apotheke«, habe ich gesagt. »Der Seitz und der andere
Provisor fragen mich immer, wenn ich etwas kaufe, und sie sagen,
ich soll ihnen dem Fräulein empfehlen, und sie tun, als wenn sie auf
der Stelle weinen müssen.«

Der Franz hat auf unser Haus gezeigt und hat gefragt, was sie
sagt, wenn ich es ausrichte.

Ich habe gesagt, daß sie lacht.

Ob sie lacht, als wenn es sie freut, hat er gefragt.

Ich habe gesagt, ich weiß es nicht.

Da hat er gesagt, vielleicht freut es sie, weil der Seitz studiert hat;
er ist aber ein Salbenreiber, und er hat krumme Beine, und er ist ein

dummer Mensch, den man einmal furchtbar hauen muß, weil er sich so viel einbildet.

Ich habe gefragt, ob der Seitz ihm etwas getan hat, weil er so zornig ist auf ihn.

Der Franz hat gesagt, er hat ihm nichts getan, aber er kann ihn nicht leiden, und ich darf keine Grüße nicht mehr ausrichten.

Und dann ist er weggegangen und hat immer mit seinem Stock in die Luft gehauen, daß es gepfiffen hat.

Beim Essen hat mich Ännchen gefragt, ob ich heute besser zufrieden bin, und ob ich nicht mehr so streng bin mit die Mädchen. Ich kümmere mich um keine Mädchen nicht, habe ich gesagt; wenn man sich um die Mädchen kümmert, gibt es bloß Verdruß, und man wird furchtbar traurig.

Meine Mutter hat ihre Gabel hingelegt und hat mich angeschaut, und dann hat sie gesagt, es ist merkwürdig, was ich spreche seit ein paar Tagen.

Und Cora hat gesagt, sie fürchtet, ich werde ein Weiberfeind, weil ich jetzt immer ungnädig bin, und vorher hat sie sich eingebildet, daß ich ein Kavalier bin von ihr.

Ich habe gesagt, die Mädchen bilden sich oft viel ein.

Da haben sie alle gelacht, aber nachher hat meine Mutter gesagt, sie erlaubt es nicht, daß ich gegen Cora ungezogen bin.

»Er ist nicht ungezogen«, hat Cora gesagt; »wir müssen bloß probieren, daß wir seine Gunst wieder kriegen. Er ist der einzige Mann mit drei weibliche Wesen, und das ist wie bei die indischen Fürsten, wo auch die Damen Mühe haben, daß er gnädig ist.«

Ich habe etwas sagen wollen, aber da ist auf einmal vor unserm Haus ein Gesang gewesen. Meine Mutter und Cora und Ännchen sind zum Fenster hingelaufen, und ich habe auch hinuntergeschaut. Es sind vier Männer da gestanden, die haben gesungen. Den Seitz habe ich gleich gekannt und den Lehrer Knilling, und einer ist Postexpeditor gewesen.

Sie haben gesungen: »Ach, wie ists möglich dann, daß ich dich lassen kann!« Einer hat es zuerst hoch gesungen, und dann hat es einer tief gesungen, und dann hat es einer ganz hoch gesungen und hat seine Stimme zittern lassen. Das ist der Seitz gewesen.

Meine Mutter hat immer gesagt: »Kinder, wie ist das schön!« Und sie hat Ännchen und der Cora gezeigt, wie der Mond dazu scheint, und sie hat ganz traurig mit dem Kopf genickt, wie der Seitz so zitterig gesungen hat. Und sie hat dem Ännchen einen Kuß gegeben und hat der Cora die Backen gestreichelt, und wie es drunten fertig war, hat sie wieder gesagt, es war wunderschön und es ist eine schmeichelhafte Aufmerksamkeit.

Cora hat gelacht, und sie hat gesagt, sie muß es ihrem Papa schreiben, daß unsere Mutter jetzt noch Ständchen kriegt. Meine Mutter hat auch gelacht und hat gesagt, sie glaubt, daß die Ehre für unsre hindianische Prinzessin gemeint ist. Da haben sie drunten laut geräuspert, und es ist wieder losgegangen. Sie haben gesungen: »Ännchen von Tharau ist, die mir gefällt«, und der Seitz hat seine Stimme nicht mehr so zittern lassen, aber der Knilling. Meine Mutter hat ihren Kopf auf Ännchen ihre Schultern gelegt und hat ein bißchen geweint.

Wie es vorbei gewesen ist, hat der Seitz mit seinem Hut gegrüßt, und die andern haben auch gegrüßt, und sie sind gegangen. Aber beim Brunnen sind sie stehen geblieben, und sie haben gesungen »Schlahaf wohl«. Zuerst hat einer tief gesungen, und dann ist es immer höher gegangen, und zuletzt hat bloß mehr der Seitz ganz laut mit der Stimme gezittert. Dann ist es still gewesen.

Man hat gehört, wie der Brunnen plätschert, und meine Mutter hat gesagt, wir müssen horchen, wie das Wasser rauscht, und wir müssen schauen, wie der Mond scheint, weil es so poetisch ist.

Cora hat gefragt, wer die Sänger gewesen sind. Da habe ich gesagt, einer ist der Seitz gewesen, mit der Glatze und die Kugelaugen.

Da hat meine Mutter gesagt, sie muß leider schon wieder sehen, daß ich den Anstand verliere, und gewiß sind es vier gebildete junge Leute, denen man eine Freude verdankt. Dann sind wir bald ins Bett gegangen, und meine Mutter hat zu Ännchen gesagt: »Gute Nacht, Ännchen von Tharau!« und hat sie zweimal geküßt. Wie ich am andern Tag von der Klasse heimgekommen bin, hat mir der Reiser Franz schon gepfiffen. Ich bin gleich in unsern Garten, aber der Franz hat mir gesagt, ich soll lieber durch den Zaun schliefen zu ihm, er muß mir etwas sagen. Ich bin durch den Zaun geschloffen, und wir sind hinter einen Holzhaufen gegangen, wo man uns nicht gesehen hat.

Der Franz hat ganz dicke Augen gehabt, als wenn er geweint hat, und er ist in Hemdärmeln gewesen und hat keinen Kragen angehabt. Er hat sich in das Gras gelegt, und ich habe mich auch hingelegt. Er hat immer Grasbüschel ausgezogen und hat sie weggeschmissen. Auf einmal hat er gefragt, ob ich den Gesang gehört habe. Ich habe gesagt, ich habe ihn schon gehört, weil er bei uns gewesen ist. Er hat gefragt, ob ich den Seitz gekannt habe. Ich habe gesagt, ich habe ihn gleich gekannt. Da hat er gesagt, man muß ihn gleich kennen, an die krummen Beine, und ob ihn auch die andern gekannt haben? Ich habe ihn gefragt, welche andern? Er hat mit dem Daumen gedeutet und hat gesagt: »Deine Mutter und deine Schwester.« Ich habe gesagt: »Ja, freilich haben sie ihn gekannt.«

»Und das Fräulein Cora auch?« hat er gefragt.

»Die Cora auch!« habe ich gesagt.

Er hat viel Gras ausgerupft und hat es hingeschmissen, und dann hat er gefragt, ob es ihnen vielleicht gefallen hat.

»Meiner Mutter hat es recht gefallen, weil es so poetisch war, wie der Brunnen geplätschert hat«, habe ich gesagt.

»Es ist furchtbar gemein, wenn man die Leute nicht schlafen läßt«, hat der Franz gesagt. »Es ist gar nicht poetisch.« Er ist wieder still gewesen und hat Gras gerupft, und dann hat er gefragt, ob es die Cora auch gelobt hat. Ich habe gesagt, sie hat es nicht gelobt, aber ich glaube, es hat ihr gefallen. Der Franz hat einen Prügel aus dem Holzhaufen gezogen und hat gesagt, mit einem solchen Prügel haut er den Seitz, wenn er noch einmal singt.

Ich habe gelacht, weil ich gedacht habe, wie es ist, wenn der Seitz mit seiner Stimme so zittert, und auf einmal haut ihn der Franz auf den Kopf. Aber der Franz hat nicht gelacht. Er hat sich umgedreht, und er hat sein Gesicht in das Gras gesteckt, und auf einmal hat er furchtbar geweint.

Ich habe mich gar nicht ausgekannt, was es ist, und ich habe ihn gefragt. Aber er hat den Kopf geschüttelt und hat geschluchzt und hat mit dem Prügel auf den Boden gehaut. Und dann hat er sein Gesicht wieder aus dem Gras getan und hat sich mit die Ärmel seine Augen gewischt. Da habe ich ihn noch einmal gefragt. Er hat gesagt, ich verstehe es nicht. Ich habe gesagt, ich verstehe es schon, und ich helfe ihm, wenn vielleicht der Seitz etwas getan hat. Und ich habe ihm gesagt, daß ich ihn gerne mag, und den Seitz mag ich nicht. Da hat er gesagt, vielleicht bin ich der einzige, mit dem er reden kann, und er hat die Cora furchtbar lieb.

Ich habe gesagt, ich habe sie auch lieb, aber warum er deswegen so weint und auf den Boden haut?

Da hat er gesagt, er hat sie ganz anders lieb wie ich, und er möchte, daß sie seine Frau wird.

Ich habe gefragt, warum er nicht hinüber geht und es sagt? Er hat gesagt, es geht nicht.

Ich habe gesagt, es geht schon. Er muß einen schwarzen Rock anziehen und hinübergehen. Zuerst ist meine Mutter allein da. Dann wird die Cora hereingeholt, und er muß den Arm um sie legen, und dann werden Ännchen und ich hereingeholt, und meine Mutter weint ein bißchen, und dann kriegt jedes in der Reihe herum einen Kuß.

Der Franz hat wieder den Kopf geschüttelt.

Da habe ich gesagt, ich weiß es gewiß. Wie der Bindinger unsere Marie gewollt hat, ist es so gewesen.

Aber der Franz hat gesagt, es geht doch nicht, weil er nichts ist und bloß später eine Brauerei kriegt, und er weiß, die Cora mag ihn nicht, er ist ungebildet.

Ich habe gesagt, ich glaube, sie ist froh, wenn er sie mag, weil die Mädchen froh sind, wenn sie gemocht werden.

Er hat gesagt, die Cora nicht. Er merkt es gut, daß er ihr zu wenig ist, weil er nicht studiert hat, und sie schaut ihn gar nicht an. Ich habe gesagt, ich will sie fragen; vielleicht heute beim Essen. Da hat er gerufen, ich darf es nicht tun. Er sagt es ihr selber. Ich habe gefragt, ob er es noch heute sagt. Und er hat gesagt, es dauert nicht mehr lange; vielleicht sagt er es noch heute. Wenn er die Cora allein sieht, dann geht er hin und sagt es ihr. Er kann es nicht mehr aushalten, weil er nicht mehr schlafen kann und nicht mehr essen und trinken kann. Gestern hat er gemeint, er muß aus seinem Fenster springen, wie er den Seitz gehört hat. Er hat gesagt, er hat sich nie getraut, die Cora anzureden, und der ekelhafte Apotheker traut sich gleich zu singen, daß alle Leute es merken. Aber jetzt ist er auch nicht mehr so dumm, und wenn er sie sieht, dann geht er einfach hin und sagt es ihr. Wenn sie den Kerl mit seinen krummen Beinen singen läßt, muß sie ihn auch reden lassen. Und er mag nicht mehr warten.

Ich habe gefragt, warum er sie gerne hat, und er hat sie bloß von weitem gesehen. Er hat gesagt, es ist immer so, aber ich verstehe es nicht.

Wir haben noch miteinander geredet, da hat mich wer gerufen, und der Franz ist ganz erschrocken. Es ist der Cora ihre Stimme gewesen. Wir haben hinter dem Holzhaufen vorgeschaut, da haben wir gesehen, daß die Cora in unserem Garten gestanden ist, und sie hat meinen Namen gerufen. Der Franz hat ganz still gesagt, ich darf keine Antwort geben und ich muß jetzt bei ihm bleiben, sonst merkt sie, daß er auch da ist. Ich habe gesagt, er soll hingehen und soll es ihr sagen, sie ist jetzt allein.

Er hat gesagt, es geht nicht, weil er keinen Kragen nicht anhat, und ich muß ganz still sein, daß sie nichts merkt.

Wir sind auf dem Bauch gelegen und haben bloß mit dem Kopf vorgespitzt. Die Cora hat überall herumgeschaut, und sie hat noch einmal gerufen; dann ist sie zur Gartentür gegangen, und ich habe gewußt, daß sie jetzt hinten herum spazieren geht und bei uns vorbeikommt. Ich habe es dem Franz geschwind gesagt, und da sind wir auf die andere Seite von dem Holzhaufen geschlichen, wie die Cora gerade am Zaun vorbei ist. Sie hat nichts gesehen, und sie ist lustig gewesen und hat gesungen.

Wie sie vorbei war, ist der Franz aufgestanden, und ich bin auch aufgestanden. Wir haben die Cora noch lange gesehen, weil sie ein weißes Kleid gehabt hat, und wir haben sie auch noch singen gehört. Der Franz ist auf den Holzhaufen gestiegen, daß er sie noch länger sieht. Ich habe ihn gefragt, warum er nicht geschwind einen Kragen geholt hat, daß er ihr nachlaufen kann. Er hat gesagt, es geht heute nicht, aber er sagt es ihr morgen. Ich glaube aber jetzt, er sagt es ihr gar nicht.

Das Waldfest

Am Sonntag ist das Waldfest von der Liedertafel gewesen.

Der Seitz und der Knilling sind herumgelaufen und haben die Einladungen gemacht.

Bei uns sind sie auch gewesen. Meine Mutter hat sie in das schöne Zimmer gelassen, und Ännchen und Cora sind hinein, und ich bin auch hinein.

Der Seitz und der Knilling sind auf das Kanapee gesessen und haben die Zylinder auf ihre Knie gestellt. Der Seitz hat seine Augen herausgehängt, und wenn er geredet hat, hat er den Mund spitzig gemacht, als ob er pfeift.

Der Seitz hat gesagt, er hofft, daß wir das Fest verschönern, und meine Mutter hat gesagt, daß wir es tun.

Der Lehrer Knilling hat gesagt, man glaubt allgemein, es wird eine gelungene Veranstaltung.

Da hat meine Mutter gesagt, man ist es bei der Liedertafel gewohnt, daß es gelungen wird.

Ännchen hat gefragt, ob vielleicht auch getanzt wird. Da hat der Seitz geschaut, als ob er einem armen Kind was schenkt, und hat gesagt, es wird getanzt.

Da ist Ännchen ein bißchen gehupft, daß man ihre Freude sieht, und hat in die Hände gepatscht, und hat gerufen, es wird herrlich.

Meine Mutter hat gelacht und hat gesagt, das Mädchen freut sich so. Dann hat der Knilling gesagt, daß hoffentlich das Wetter schön bleibt, aber man weiß es nicht, bloß der Barometer geht noch hinauf. Dann sind sie fort.

Wie sie draußen waren, hat Ännchen mit der Cora herumgetanzt, und sie haben gelacht.

Die Mädchen tun ganz närrisch, wenn sie sich auf etwas freuen.

Ich kann es nicht leiden, aber ich habe heute nichts gesagt. Ich bin zum Reiser Franz, und ich habe ihm gesagt, daß wir alle zum Waldfest gehen, und ob er auch mitgeht.

Er hat gesagt, er kommt.

Am Sonntag ist es losgegangen. Nach dem Essen hat sich die Liedertafel auf dem Platz aufgestellt. Zuerst ist der Kaufmann Heinrich gekommen, mit der Fahne, und neben ihm ist der Seitz und auf der andern Seite ist der Knilling gegangen. Sie haben Schärpen umgehabt, und sie haben geschwitzt, weil sie furchtbar gelaufen sind, wenn wieder wer gekommen ist.

Sie haben die Leute aufgestellt und sind immer auf und ab, daß man in Reih und Glied geblieben ist, und haben der Musik was angeschafft, und wenn sie vorne gewesen sind, hat hinten wer gerufen, daß sie haben furchtbar laufen müssen, und wenn den Seitz wer gefragt hat, ob es bald losgeht, hat er gezappelt und hat gerufen, er wird noch kaput. Und der Knilling hat immer geschrieen, man muß in Reih und Glied bleiben, bis der Zug aus der Stadt ist, dann darf man auseinandergehen. Wie wir gekommen sind, ist der Seitz zu uns her und hat gesagt, daß meine Mutter fahren darf, und die jungen Damen haben einen schönen Platz bald hinter der Musik, aber er kann leider nicht bei ihnen sein, bis man aus der Stadt ist, weil er neben der Fahne gehen muß.

Ich war zuerst bei ihnen, aber wie der Reiser Franz gekommen ist, bin ich zu ihm. Ich habe gesagt, wir wollen mit Ännchen und Cora marschieren, aber er hat nicht mögen, weil es so weit vorn war.

Da haben wir uns hinten aufgestellt, und ich habe meine Mutter gesehen. Sie ist im Wagen gesessen neben der Frau Notar, und sie hat gelacht. Ich und der Franz sind zu ihr hin, und sie hat gesagt, sie freut sich, daß ich mit dem Herrn Reiser marschiere, und ich soll anständig sein, und es ist so schön, und wo die Mädchen sind. Ich habe gesagt, sie stehen gleich hinter der Musik.

Sie ist aufgestanden und hat hingeschaut und hat ihnen mit dem Sonnenschirm gewunken, und die Cora hat es gesehen und hat gerufen hurra! und hat mit dem Sacktuch gewunken. Meine Mutter war ganz lustig, und sie hat gesagt, es wird ein wunderschönes Fest, und die Herren waren so freundlich zu ihr, und es ist auch so nett, daß der Herr Reiser mit mir geht. Wir sind wieder auf unsern Platz, und der Franz hat zu mir gesagt, daß meine Mutter eine gescheite Frau ist, und sie glaubt nicht, daß bloß die Studierten etwas sind.

Der Onkel Pepi war auch da mit der Tante Elis, und die Tante hat immer nach dem Wagen geschaut, wo meine Mutter gesessen ist, und man hat gesehen, daß sie den Onkel Pepi schimpft, und die Federn auf ihrem Hut haben so gezittert.

Sie hat sich geärgert, daß sie nicht auch fahren darf.

Vor uns ist die Tante Theres mit der Rosa gestanden. Jedesmal, wenn der Seitz vorbeigelaufen ist, haben sie ihm gerufen, aber er hat es nicht gehört, weil es ihm pressiert hat.

Da hat die Tante Theres gesagt, daß es sehr auffallend ist, und wie der Seitz wieder vorbei ist, hat sie gesagt, es ist ungezogen.

Die Rosa hat sie gezupft und hat ihr gezeigt, daß ich hinten stehe. Das habe ich gemerkt.

Es ist schon viertel über zwei gewesen, und es hat aber geheißen, daß es Punkt zwei Uhr los geht.

Die Leute haben gebrummt, und der Sattler Weiß hat laut gerufen, ob man vielleicht auf die Beamten warten muß. Da hat der Onkel Pepi auch gerufen, es ist ordinär. Aber er hat gleich geschnupft und hat getan, als wenn er es nicht war, weil die Leute sich umgedreht haben.

Der Seitz ist ganz rot gewesen und hat immer seine Uhr herausgezogen, und der Knilling hat immer die Achseln gezuckt, daß man sieht, er kann nichts dafür.

Auf einmal ist schnell ein Wagen gekommen. Da war der Bezirksamtmann darin und der Bürgermeister. Der Seitz ist zu ihnen gelaufen, und der Bezirksamtmann hat mit ihm geredet, und dann ist der Knilling hingelaufen, und dann sind sie wieder vorgelaufen zu der Musik. Der Kaufmann Heinrich hat die Fahne aufgehoben, und der Seitz hat kommandiert vorwärts marsch! Da hat die Musik gespielt, und wir sind marschiert. Viele Leute haben von den Fenstern heruntergeschaut und haben gegrüßt, und vor den Türen sind auch viele Leute gestanden, und der Kaufmann Heinrich hat die Fahne geschwenkt, und wie wir in der langen Gasse waren, hat die Musik furchtbar laut getan, weil sie so eng ist. Beim Landsberger Tor ist die Musik auf die Seite gegangen und hat geblasen, bis wir alle draußen waren, und dann ist der Zug auseinander.

Ich habe zum Franz gesagt, wir wollen vorgehen, daß wir zum Ännchen und zur Cora hinkommen, aber da ist schon der Seitz und der Knilling dagewesen, und der Seitz hat der Cora ihren Mantel getragen.

Wir sind an der Cora vorbei, und sie hat gelacht. Der Franz hat mich gefragt, ob ich es gehört habe.

Ich habe gesagt, ich habe es schon gehört. Da hat er gesagt, vielleicht hat sie ihn ausgelacht.

Ich habe gesagt, die Mädchen lachen überhaupt immer; sie lachen wegen nichts, bloß wenn sie sich anschauen.

Der Franz hat nichts mehr gesagt, und wir sind schnell gegangen, daß wir weit vorgekommen sind. Im Wald war ein Platz hergerichtet mit Tische und Bänke und Fahnen und Lampions.

Der Franz hat gesagt, ich soll dableiben, aber er will noch weiter in den Wald gehen. Ich habe gefragt, warum. Es gibt doch jetzt Bier und Würsten und die Musik kommt gleich.

Er hat gesagt, es ist im Wald viel schöner, wenn es still ist, und er mag lieber die Vögel hören als die dummen Menschen. Er ist über einen Graben gesprungen und war gleich fort.

Ich habe nachlaufen gewollt, aber da habe ich gedacht, daß es Bier gibt und Würste.

Meine Mutter ist mit ihrem Wagen gleich hinter dem Bezirksamtmann gefahren. Sie ist ausgestiegen, und wir haben einen Tisch besetzt und haben immer geschaut, ob die Mädchen kommen, und sie waren auch bald da.

Meine Mutter hat gesagt, sie müssen ihre Mäntel anziehen, weil sie erhitzt sind, und der Seitz hat gesagt, die Temperatur im Wald ist kühl, und er hat der Cora helfen wollen. Aber sie hat nicht mögen, und wir haben uns hingesetzt.

Dann ist der Onkel Pepi gekommen, und meine Mutter hat gesagt, er soll sich mit der Tante Elis zu uns setzen.

Die Tante Elis hat gesagt, sie stört vielleicht. Aber sie hat sich doch hingesetzt, und dann ist noch die Tante Theres mit der Rosa gekommen. Der Seitz und der Knilling und ich haben Bier geholt und Würste und Butter und Käs.

Wir haben gegessen und getrunken; bloß die Tante hat nichts mögen. Sie hat die Wurst zurückgeschoben, und dann hat ihr der Onkel Pepi einen Käs hingestellt, und sie hat den Käs weggestoßen und hat gesagt, sie ist erschöpft. Meine Mutter hat gefragt, von was sie erschöpft ist.

Da haben der Tante Elis ihre Federn gezittert, und sie hat gesagt, von dem weiten Weg.

Meine Mutter hat gefragt, von dem weiten Weg? Die Tante hat gesagt, ja, von dem weiten Weg, aber wenn man im Wagen sitzt, merkt man es nicht, daß der Weg weit ist.

Der Knilling hat gesagt, es ist schade, daß sie bloß einen Wagen gekriegt haben, sonst hätte die Tante auch fahren dürfen.

Die Tante hat den Kopf zu ihm hingedreht und hat ganz langsam gefragt, wer hat dürfen?

Sie! hat der Knilling gesagt.

Da hat die Tante gefragt, ob er glaubt, daß sie eine Gnade haben will, oder ob er glaubt, daß sie eine Barmherzigkeit mag, oder ob er nicht glaubt, daß sie lieber geht.

Da hat der Knilling nichts mehr gewußt, aber der Onkel Pepi hat gesagt, man muß nicht glauben, daß die Tante furchtbar erschöpft ist, und sie wird gleich gesund.

Da hat ihn die Tante angeschaut, als wenn sie ihn nicht kennt, und sie hat ihre Augen ganz furchtbar gemacht. Der Onkel hat seinen Krug genommen, daß er sie nicht mehr sieht, und er hat lang getrunken.

Aber die Tante hat nicht weggeschaut, und da hat der Onkel Pepi den Knilling gefragt, wie viele Lampions aufgehängt sind, und er hat sich umgedreht und hat sie gezählt.

Aber wie er fertig war, hat die Tante immer noch geschaut.

Der Seitz ist neben mir gesessen, und auf der andern Seite ist Ännchen gesessen und die Cora, und neben der Cora ist meine Mutter gesessen.

Der Seitz hat gesagt, daß ein Wald so poetisch ist, und ob es die Cora merkt.

Sie hat gelacht und hat gesagt, warum er glaubt, daß bloß er es merkt. Er meint es nicht so, hat er gesagt, sondern weil sie von Indien ist. - Sie hat gesagt, ob er glaubt, daß man in Indien nicht poetisch ist. Der Seitz hat seine Augen hinaushängen lassen und hat gesagt, er glaubt, daß Indien noch poetischer ist wie Deutschland.

Die Cora hat gefragt, wie er glaubt, daß es in Indien ist.

Der Seitz hat gesagt, es ist in Indien prachtvoller, und die Blumen sind viel größer, und man liegt unten in einer Hängematte, und oben fliegen die Papageie. Die Cora hat gelacht, und sie hat gesagt, das ist wahr, und der Herr Apotheker kennt es gut, aber es gibt noch mehr in Indien.

Zum Beispiel die Lotosblumen, wenn der Mond darauf scheint, und die Palmen, die so hin und her schaukeln, und die gefleckten Tiger, die bei der Nacht brüllen.

Der Seitz hat gesagt, man muß eine glühende Phantasie haben, daß man sich Indien vorstellt; er glaubt, es ist ein Zauberland.

Da hat die Tante Theres gesagt, sie hat gehört, daß der Pfeffer dort wachst, und es kann doch gar nicht so schön sein, weil man zu schlechte Leute sagt, sie sollen hingehen, wo der Pfeffer wachst.

Auf einmal hat die Trompete ein Zeichen geblasen, und der Seitz ist geschwind aufgestanden, und der Knilling auch. Sie haben gesagt, es kommt jetzt ein Gesang.

Der Onkel Pepi ist auch aufgestanden, aber er ist nicht zum Singen gegangen, sondern er hat sich ein Bier geholt, und wie er gekommen ist, hat die Tante Elis gesagt, es ist schon die dritte. Der Onkel hat sich weiter hinunter gesetzt, daß er nicht so nah bei ihr ist. Da hat die Liedertafel angefangen. Der Knilling ist in der Mitte gestanden und hat die Arme links und rechts getan und hinauf und hinunter getan.

Wenn sie haben still singen müssen, hat er mit die Hände so gemacht, als wenn er einen Schwamm ausdrückt, und wenn es hat laut tun müssen, ist er mit die Fäuste in die Luft gefahren. Rechts vom Knilling ist der Seitz gewesen und die anderen, die hoch gesungen haben. Sie haben laut geschrieen und haben den Mund weit aufgerissen, aber die links vom Knilling waren, haben tief gesungen und haben beim Singen immer den Hals in den Kragen gesteckt und haben den Mund nicht so weit aufgerissen, sondern haben ihn rund gemacht.

Sie haben gesungen, wer den schönen Wald gebaut hat, und wie es fertig war, haben alle Leute gepatscht, und da haben sie etwas Lustiges gesungen, wo es immer geheißen hat, Mädle ruck, ruck, ruck!

Der Seitz hat immer mit dem Kopf gewackelt, wenn er ruck, ruck, ruck geschrieen hat, und hat auf unsern Tisch geschaut.

Ännchen hat die Cora angestoßen, und die Cora hat Ännchen angestoßen, und auf einmal hat die Cora lachen müssen und hat ihr Sacktuch in den Mund gesteckt, und Ännchen hat getrunken, aber sie hat sich verschluckt und hat wieder alles ausgespuckt, weil sie gelacht hat. Meine Mutter hat gesagt, aber Ännchen, und die Tante Theres hat gesagt, das ist stark.

Sie hat getan, als wenn sie bei einem Verbrechen dabei ist, und die Rosa hat sich für unser Ännchen geschämt, und hat die Augen gar nicht mehr aufgemacht. Die Cora hat wieder ganz ernst geschaut, und Ännchen auch, und sie waren rot. Da hat aber der Seitz wieder geschrieen ruck, ruck, ruck und hat wieder mit dem Kopf gewackelt, und da hat Ännchen sich unter den Tisch gebückt, und Cora auch, und sie haben ganz gezittert, daß man gemerkt hat, wie sie lachen.

Meine Mutter hat gefragt, Kindchen, was ist das nur? Aber jetzt ist der Gesang aus gewesen, und der Knilling und der Seitz sind wiedergekommen. Meine Mutter hat gesagt, das war schön, und der Onkel Pepi hat geschrieen bravo.

Aber er ist gleich still gewesen, weil ihn die Tante mit dem Auge getroffen hat.

Ich habe auf einmal den Reiser Franz gesehen; er ist oben im Wald gestanden und hat hergeschaut. Ich bin zu ihm gegangen und habe gesagt, er soll bei uns sitzen. Zuerst hat er nicht wollen, aber er ist doch mit, und meine Mutter hat freundlich gelacht und hat gefragt, wo er gewesen ist.

Er hat gesagt, er ist im Wald gewesen. Da habe ich gesagt, der Franz mag es viel lieber, wenn ein Vogel singt, als wenn die dummen Menschen reden. Woher hast du solche Redensarten? hat meine Mutter gefragt.

Ich habe gesagt, ich weiß es, daß er lieber einen Vogel hört. Der Franz ist rot geworden, weil die Cora so gelacht hat, und er hat sich ganz an das Eck hingesetzt neben mich.

Ich habe zu Cora gesagt, ob sie nicht sieht, wie stark der Franz ist, und er kann jeden Bräuburschen hinschmeißen. Der Franz hat mich mit dem Fuß angestoßen, aber ich habe nicht aufgehört, und ich

habe gesagt, der Franz kann auch furchtbar gut springen, und wenn
er will, kann er einen furchtbar hauen.

Die Cora hat gelacht, und der Franz hat mich auf den Fuß getre-
ten, und er ist immer mit seiner Hand durch die Haare gefahren.

Ich glaube, es ist ihm nicht recht gewesen. Die Trompete hat wieder ein Zeichen gemacht, daß die Liedertafel singt, und der Knilling
und der Seitz sind weg.

Der Franz ist auch weg, weil er ein Bier geholt hat. Er hat aber
zwei gebracht, und da hat die Tante Theres gleich gefragt, ob er so
viel braucht, weil er Bierbrauer ist.

Sie kann ihn nicht leiden, und sie hat es mit Fleiß getan.

Alle haben den Franz angeschaut, und er ist ganz rot gewesen,
aber wie sie weggeschaut haben, hat der Onkel einen Krug ganz
heimlich genommen. Da habe ich es gesagt, daß eins für den Onkel
gehört hat, und der Onkel hat mich unter dem Tisch gestoßen, aber
ich habe es noch einmal gesagt. Die Tante Elis hat hinten herum
geschaut und hat gerufen Josef!

Der Onkel hat gefragt, was?

Sie hat gesagt, er soll nicht fragen, es ist die vierte.

Da hat er gebrummt, er weiß es schon, und er braucht keine Bieruhr nicht. Sie hat es probiert, ob sie ihn nicht anschauen kann, aber
er hat sich hinter dem Franz versteckt, und da hat sie wieder gerufen: Josef, und er hat gesagt ja. Da hat sie gefragt, ob er meint, daß
sie eine Bieruhr ist.

Er hat gesagt, er meint es nicht. Aber sie hat ganz laut geredet
und hat gesagt, sie ist keine Bieruhr nicht, und vielleicht muß man
nicht so viel trinken. Der Onkel hat nichts gesagt, aber meine Mutter
hat Pst gemacht, weil die Liedertafel anfangt. Da hat die Tante Elis
noch gesagt, sie will ihn daheim fragen, ob sie eine Bieruhr ist, und
dann ist sie still gewesen, und die Liedertafel hat gesungen.

Wie sie fertig gewesen sind, hat Ännchen den Knilling gefragt, ob
man nicht bald tanzt.

Der Knilling hat gesagt, sie muß den Seitz bitten, und Ännchen
hat die Hände aufgehoben und hat gesagt, bitte, bitte, und die Rosa

hat es auch getan, und die Cora hat gesagt, o ja, er soll tanzen lassen.

Der Seitz hat ein Gesicht gemacht, als wenn er es überlegen muß, und dann hat er gesagt, er läßt sie tanzen.

Er hat die Cora fortgeführt, und der Knilling ist mit Ännchen gegangen, und an allen Tischen sind die Leute aufgestanden. Es ist ein Bretterboden dagewesen, und da haben sie getanzt.

Ich habe Obacht gegeben, wie sie es machen, aber alle machen es anders. Der Seitz ist furchtbar gehüpft, und dann ist er stehen geblieben und hat das Wasser von seiner Glatze getan, und dann ist er wieder gehüpft, bis sie wieder naß war.

Viele haben die Mädchen weit weg gehalten, aber viele haben sie auch nah dabei gehabt, und viele haben sich schnell gedreht, aber der Sattler Weiß hat sich langsam gedreht, als wenn er auf einer Spieldose steht.

Meine Mutter ist neben mir gewesen, und sie hat Obacht gegeben, ob unser Ännchen nicht kommt, und wenn sie mit dem Knilling vorbeigetanzt ist, hat ihr meine Mutter gewunken.

Ich habe geschaut, wo der Franz ist. Er ist aber am Tisch gesessen neben dem Onkel Pepi, und er hat nicht hergeschaut.

Da hat die Musik aufgehört, und die Mädchen haben sich bei die Herren eingehängt und sind zu ihre Tische.

Bei uns ist auf einmal der Assessor Bogner gewesen und der Amtsrichter Reinhardt. Der Seitz hat sie hingeführt, und er hat gesagt, er stellt ihnen hierdurch die Nichte der Frau Thoma vor, sie ist aus Bombay in Indien und auf Besuch.

Er hat getan, als wenn er in einer Menascherie ist und etwas erklärt, und er ist ganz stolz gewesen.

Die Cora hat gelacht und hat freundlich mit dem Kopf genickt, aber der Bogner hat sich gebückt, als wenn er auf den Tisch fallen muß, und hat gesagt, es ist sehr angenehm.

Der Reinhardt ist ein Offizier. Wenn dem Prinzregenten sein Geburtstag ist, geht er mit die Uniform auf dem Stadtplatz auf und ab, und er läßt seinen Säbel hängen, daß er auf die Steine scheppert.

Ich und der Franz mögen ihn nicht, weil er ein rundes Glas in ein Auge steckt und so dumm schaut.

Der Franz sagt, er ist ekelhaft, und ich habe beim Schreiner Werkmeister hinter dem Zaun mit einem Apfel auf ihn geschmissen, wie er in den Laden vom Buchbinder Stettner hineingeschaut hat.

Er ist geplatzt, weil er schon ganz faul gewesen ist, und er ist auf dem Fenster auseinandergespritzt.

Der Reinhardt hat mich nicht gesehen, aber ich glaube, er weiß es, und er steckt immer sein Glas in das Auge, wenn er mich wo sieht. Aber wenn er lacht, fallt es heraus.

Er hat jetzt seinen Schnurrbart genommen und hat ein Kompliment gemacht und hat mit die Stiefelabsätze einen Spetakel gemacht, weil er sie immer aneinander gehaut hat.

Der Bogner hat sich hingesetzt, und der Reinhardt auch, und der Bogner hat gehustet und hat gesagt, also das Fräulein sind aus Indien. Die Cora hat nichts sagen gekonnt, weil der Seitz alles erklärt hat, sie ist aus Indien und die Tochter eines Plantaschenbesitzers, und sie ist nach Europa, daß sie ihre Verwandten kennen lernt.

Da hat der Bogner gefragt, wie es dem Fräulein in Deutschland gefallt, und der Seitz hat gesagt, es gefallt ihr gut, und sie gewöhnt sich daran.

Der Reinhardt hat das Glas in sein Auge getan und hat gesagt, wenn man in große Verhältnisse gewesen ist, muß man sich über eine kleine Stadt wundern. Die Cora hat gesagt, sie findet es ganz schön hier.

Der Reinhardt hat gesagt, ja, aber er weiß es selber, daß es einen wundert.

Da hat der Bogner wieder geredet und hat gesagt, daß das gnädige Fräulein so braun ist.

Und der Seitz hat es erklärt, daß es von ihrer Mutter kommt, und sie ist eine Eingeborene gewesen.

Der Bogner hat gesagt, es ist interessant, und der Reinhardt hat gesagt, ein Kamerad war bei die indische Armee und hat ihm alles erzählt von die Eingeborenen.

Sie haben immer weiter geredet mit der Cora, und der Bogner hat immer ein Kompliment gemacht, wenn er was gesagt hat, und der Reinhardt hat sein Glas hinein- und hinausgetan, und die Cora hat gelacht, und der Seitz ist ganz stolz gewesen, daß er sie herzeigen darf.

Ich und der Franz sind ganz weit drunten gesessen und haben hinaufgeschaut, aber der Franz hat nichts geredet.

Die Tante Theres hat still mit der Rosa gepispert, und bei der Tante Elis haben die Federn gezittert, und sie hat die Arme übereinander getan und hat furchtbar Obacht gegeben.

Aber der Onkel Pepi ist bei uns herunten gewesen, und er hat immer seinen Krug mit dem Franz seinen Krug vertauscht und er war schon ganz lustig. Da hat die Musik eine Fransäß gespielt, und der Reinhardt hat die Cora genommen, und er hat zum Bogner gesagt, ob er ein Wisawi macht.

Der Bogner hat gesagt, er kann nicht tanzen, aber der Seitz hat unser Ännchen genommen und hat gesagt, er macht das Wisawi.

Und wie er hingegangen ist, da hat er sich furchtbar gescheit gemacht und hat mit sein Taschentuch gewunken und hat Spetakel gemacht und hat gerufen, man muß sich aufstellen, und man muß Wisawi machen. Der Bogner ist bei unserm Tisch geblieben, und er hat zu der Cora ein Kompliment gemacht, wie sie weg ist, und er hat ihr nachgeschaut, und dann hat er gesagt, sie ist eine merkwürdige Erscheinung.

Die Tante Elis hat ihren Mund langsam aufgemacht und hat gesagt, sie ist sehr merkwürdig. Und sie hat zu der Tante Theres hingeschaut, und die Tante Theres hat zu ihr hingeschaut.

Aber auf dem Bretterboden ist die Fransäß losgegangen, und ich habe zugeschaut. Von einer Seite ist ein Mädchen gegangen, und von der andern Seite ist ein Herr gegangen, und sie haben ein Kompliment gemacht. Der Seitz ist auf die Fußspitzen gegangen, und er hat gelacht, wie in seiner Apotheke, wenn er einer Magd

Bongbong schenkt, aber der Reinhardt hat die Arme gebogen und ist marschiert wie ein Soldat und hat die Absätze aufeinandergehaut.

Der Seitz hat immer kommandiert, daß ihn alles anschaut, und er ist durch die Reihe gelaufen und hat gezählt, eins, zwei, eins, zwei.

Wenn er nicht hat tanzen müssen, ist er zum Reinhardt gehüpft und hat ihm etwas ins Ohr gesagt, und hat gelacht, ha, ha, als wenn er lustig ist.

Wie es fertig war, sind sie wieder auf unsern Tisch, und der Reinhardt hat gesagt, es ist schade, daß es nicht Winter ist, sonst ladet er die Cora zu einem Offizierball ein. Der Seitz hat gesagt, vielleicht ist die Cora noch da, und sie muß einen Offizierball sehen, und sie muß auch auf einen Studentenball. Es ist ganz anders wie heute, und es ist vornehm. Da hat der Reinhardt gesagt, es ist heute ein bißchen gemischt, und er hat sein Glas in das Auge gesteckt und hat herumgeschaut in dem ganzen Garten.

Der Seitz hat einen Seufzer gemacht und hat gesagt, leider es ist gemischt, aber man kann es nicht ändern bei die Liedertafel, weil so viele ungebildete Elemente dabei sind. Da hat die Cora gesagt, es ist sehr nett, und sie hat nichts gemerkt von unanständige Leute.

Der Seitz hat gesagt, er meint nicht unanständig, aber es sind so viele Menschen da, die keine Bildung nicht haben, und man fühlt sich bloß recht wohl bei die Leute, die eine Bildung haben. Auf einmal hat der Franz geredet, und er ist zuerst immer durch seine Haare gefahren, und er hat gesagt, es gibt viele Leute, die glauben, sie haben eine Bildung, aber sie haben keine, und es gibt viele Leute, wo man glaubt, sie haben keine, und sie haben eine.

Alle haben den Kopf nach ihm hingedreht, und der Seitz hat geschaut, als wenn er einen Feldstecher braucht, daß er ihn sieht, weil er so weit drunten ist.

Und er hat den Reinhardt angeschaut, und er hat ein bißchen gelacht und hat gesagt, entschuldichen Sie, ich habe Ihnen nicht verstanden. Der Franz ist ganz rot geworden, weil alle Obacht gegeben haben, und er hat gesagt, Sie haben gesagt, daß man hier bei Leute ist, die keine Bildung nicht haben.

Ich glaube, der Seitz traut sich gar nichts, aber er hat sich getraut, weil der Reinhardt bei ihm war, und er hat mit die Finger auf den Tisch getrommelt, und er hat gesagt, ob es vielleicht nicht wahr ist, daß Leute da sind, die keine akademische Bildung nicht haben.

Da hat der Franz gesagt, es ist wahr, aber ob sie vielleicht schlechter sind, und ob man sagen darf, daß sie schlechter sind.

Der Franz hat laut geredet, aber der Seitz hat geredet, als wenn unser Rektor mit dem Pedell redet.

Er hat gesagt, entschuldichen Sie, aber er streitet nicht über so einen Gegenstand, und er streitet nicht vor die Damen, und er streitet nicht bei einem Fest.

Und er hat ihm angeschaut, als wenn er zum Fenster herunterschaut, und der Franz steht unten und hat hinaufgeredet. Und dann hat er weggeschaut. Da hat meine Mutter zum Franz gesagt, der Herr Apotheker meint es nicht so, und er hat ihn nicht beleidigt, und er hat Achtung vor einen jeden Stand, bloß wenn man anständig ist, und der Franz muß nicht beleidigt sein.

Der Franz ist aufgestanden, und er hat gesagt, er weiß schon, daß es meine Mutter gut meint, und sie muß entschuldichen. Und dann ist er weggegangen.

Der Reinhardt hat gefragt, wer dieser junge Mensch ist, und was der junge Mensch will.

Da hat der Seitz mit die Achseln gezuckt und hat gesagt, er ist ein Bräubursche.

Ich habe gesagt, es ist nicht wahr, er ist kein Bräubursche nicht, aber er kann alle Bräuburschen hinschmeißen. Meine Mutter hat gesagt, ich darf nicht hineinreden, und ich darf nicht immer vom Hinschmeißen reden, aber es ist wahr, der Franz ist kein Bräubursche nicht, er ist ein Pratikant und lernt das Bier machen. Der Seitz hat gesagt, er soll auch die Höflichkeiten lernen, und daß man nicht streitet vor die Damen. Da hat die Cora gesagt, sie glaubt, er ist ganz höflich, aber er hat gemeint, der Herr Seitz will ihm beleidigen. Meine Mutter hat freundlich auf sie gelacht, und sie hat gesagt, die Cora hat recht, und es ist ein Mißverständnis, und wenn man es dem Herrn Reiser sagt, ist es wieder gut. Da hat die Musik gespielt, und der Knilling ist mit der Cora fort, und der Reinhardt ist mit unserem Ännchen fort.

Die Tante Theres hat den Seitz angeschaut, ob er nicht einmal mit der Rosa geht, aber er ist sitzen geblieben, und da ist der Bader Fischer gekommen und hat die Rosa geholt.

Der Seitz hat den Bogner gefragt, ob er gehört hat, daß er wen beleidigt hat.

Der Bogner hat gesagt, er hat keine Beleidigung nicht gehört, aber diese Leute sind so empfindlich, wenn man von die akademische Bildung redet. Es ist auch keine Schmeichelei nicht, hat die Tante Theres gesagt. Meine Mutter hat zu ihr geschaut und hat die Augen gezwinkert.

Aber die Tante Theres hat so stark gestrickt, daß es mit die Nadeln geklappert hat, und sie hat es noch einmal gesagt, es ist keine Schmeichelei nicht, daß man sagt, daß es nicht anständig ist, wenn man nicht bei der Akademie war.

Der Seitz hat reden gewollt, aber da ist auf einmal ein furchtbarer Spetakel angefangen. Der Onkel Pepi hat mit seiner Schnupftabakdose auf den Tisch gehaut und hat geschrieen, man muß es ihm sagen, ob er anständig ist.

Die Tante Elis hat gerufen Josef, meine Mutter hat ihm auch gerufen, und der Bogner hat gesagt: »Aber Herr Expeditor.«

Der Onkel hat nicht aufgepaßt, und er hat geschrieen, man muß es sagen, ob er anständig ist, und er war bei keiner Akademie nicht, und man muß es sagen, ob die Postexpeditor anständig sind.

Und er hat jedesmal auf den Tisch gehaut, wenn er was gesagt hat.

Der Seitz hat gesagt, daß die Postexpeditor anständig sind.

Der Onkel hat aber noch lauter geschrieen, man muß ein Schreiben aufsetzen, weil es sonst niemand glaubt, daß die Expeditor anständig sind und keine Akademie nicht brauchen.

Die Tante Elis hat gesagt, sie schreibt es ihm morgen auf.

Da hat der Onkel auf einmal gemerkt, daß der Franz nicht mehr da ist, wo er sich verstecken kann, und er hat der Tante ihr Auge gesehen, und er hat seinen Hut tief hineingesetzt, bis er ganz blind war, und er ist auf einmal still gewesen.

Meine Mutter hat zu mir gesagt, ich muß nicht immer da sitzen, sondern ich muß ein bißchen herumgehen.

Ich habe schon gemerkt, daß sie mich fortschickt, wegen dem Onkel seinen Spetakel, aber ich bin gerne fort, weil ich gedacht habe, ob ich vielleicht zum Franz komme.

Ich bin hinter der Bierhütte hinauf, und da habe ich ihn gesehen.

Er ist auf einem Stock gesessen, und er hat gesagt, bist du da?

Ich habe gesagt, ja.

Da hat er gefragt, ob sie recht zornig sind auf ihm, weil er gestritten hat.

Ich habe gesagt, daß meine Mutter ihm geholfen hat.

Er hat ein bißchen gelacht und hat gesagt, ja, deine Mutter.

Da habe ich gesagt, daß die Cora auch gesagt hat, er ist ganz höflich. Er hat gesagt, so so.

Und dann hat er gesagt, es ist wahr, er ist vielleicht höflich; ein Bauernknecht ist höflich, und ein Fuhrmann ist höflich, und die vornehmen Leute sind zufrieden, wenn man bloß höflich ist. Aber er ist nicht gebildet, und er ist nicht anständig, und man laßt es ihm so stark merken. Ich habe gesagt, man muß den Seitz hauen, dann ist es besser. Er hat gesagt, er meint nicht der Seitz, aber die Cora redet mit ihm anders, als wie mit die Gebildeten. Sie redet mit ihm ganz gut, aber es ist so, als wenn man im Wagen sitzt und redet mit dem Kutscher. Gerade so freundlich ist es.

Ich habe nichts gesagt, aber ich habe mich gewundert, was er für lange Reden macht, und früher hat er gar keine langen Reden gemacht.

Auf einmal hat er gefragt, ob es schwer ist, daß man das Lateinische und Griechische lernt.

Ich habe gesagt, wenn es einen freut, ist es vielleicht nicht schwer, aber ich glaube nicht, daß es einen freut.

Da hat er gefragt, wie lange es dauert, bis man es am schnellsten lernt.

Ich habe gesagt, in unserem Lesebuche steht eine Geschichte von einem Bauernknecht. Er hat Tag und Nacht gelernt, und er ist in drei Jahren fertig geworden.

Der Franz hat gesagt, vielleicht ist er recht gescheit gewesen.

Ich habe gesagt, ich weiß es nicht. Im Lesebuch steht, daß ein Professor in das Dorf gekommen ist, und er hat gleich gesehen, daß in dem Bauernknecht ein Geist ist. Aber die Professer kennen nichts; man kann sie furchtbar leicht anlügen. Vielleicht hat ihn der Bauernknecht auch angelogen.

Steht in dem Buch, daß er die ganze Nacht gelernt hat? hat der Franz gefragt.

Ich habe gesagt ja; ich weiß es auswendig, wie es heißt. Bei dem trüben Schein von der Stallaterne lernte er mit fieberhaftem Fleiße. Da hat der Franz gesagt, er hat es gewiß wegen ein Mädchen getan. Ich habe gesagt, ich weiß es nicht. Im Lesebuch steht es nicht. Es heißt bloß, er ist ein Erzbischof geworden.

Da hat der Franz gesagt, dann ist es nicht wegen ein Mädchen gewesen. Und er hat einen Seufzer gemacht und hat gesagt, es geht nicht. Wenn ein Erzbischof drei Jahre braucht, dauert es bei ihm viel länger, weil er keinen so guten Kopf nicht hat. Und bis er anfangt, fahrt die Cora vielleicht schon heim.

Ich habe gesagt, er soll froh sein, daß er nicht muß. Wenn man es nicht kennt, meint man vielleicht, es ist schön. Aber wenn man es kennt, ist es ekelhaft.

Der Franz hat den Kopf geschüttelt. Ich habe gesagt, ob er glaubt, daß vielleicht der Seitz das Lateinische kann.

Er hat gesagt, er braucht es nicht, aber er ist dabei gewesen. Die Hauptsache ist, daß einer dabei gewesen ist. Die Mädchen fragen nicht, ob einer was kann, sie fragen bloß, ob einer dabei war.

Ich habe gesagt, er soll wieder mitgehen auf unsern Tisch.

Aber er hat nicht gewollt. Er hat gesagt, es geht nicht; wenn er kommt, schaut ihn der Reinhardt durch das Glas an, und die Mädchen sind vielleicht mitleidig, und sie behandeln ihn wie den Mann, der krank gewesen ist, und sie denken, man muß ihn schonen, weil er nicht dabei war, und vielleicht ist der schiefbeinige Salbenreiber ganz voller Erbarmung mit ihm und gibt ihm eine sanfte Rede ein, daß man sieht, wie er großmütig ist. Aber er mag nicht zuschauen, wie der Seitz herumgeht wie der Gockel auf dem Mist, und er mag nicht hören, wie er dem dummen Assessor die Cora erklärt, als wenn sie ein fremder Vogel ist, und er hat sie in seinem Käfig.

Er hat gesagt, er geht lieber heim, und er hat mir die Hand gegeben und ist fort.

Ich bin ganz traurig gewesen; da hat er mir gepfiffen und ist wieder hergekommen, und er hat gesagt, ich muß ihm das Buch leihen, weil er es lesen will, wie der Bauernknecht studiert hat.

Ich habe gesagt, ich bringe es ihm morgen an den Gartenzaun.

Und dann ist er ganz fort.

Ich habe zuerst lange das Tanzen zugeschaut. Es ist schon dunkel gewesen, wie ich auf unsern Tisch gekommen bin, und der Seitz hat die Lampions angezündet.

Meine Mutter hat gefragt, ob ich den Franz gesehen habe.

Ich habe gesagt ja.

Da hat die Cora gefragt, wo er ist.

Ich habe gesagt, er ist heim.

Meine Mutter hat gesagt, es ist schade, man muß ihm sagen, daß er nicht beleidigt worden ist, denn man muß niemand weh tun.

Da ist auf einmal ein Spetakel gewesen. Der Onkel Pepi hat furchtbar geweint, daß ihm die Tränen gekugelt sind, und er hat geschluchzt, daß die Leute überall geschaut haben.

Die Cora und Ännchen sind aufgesprungen, und meine Mutter ist aufgestanden, und sie hat gesagt, um Gottes willen, was der Onkel hat.

Bloß die Tante Elis ist ganz ruhig gewesen, und sie hat langsam gesagt, er ist betrunken.

Da hat der Onkel noch viel lauter geweint.

Der Bogner ist vom andern Tisch gekommen, und der Sattler Weiß ist gekommen und seine Frau, und der Weiß hat gesagt, was ist, was ist?

Nichts, hat die Tante Elis gesagt, er ist betrunken.

Aber der Onkel hat geschluchzt und hat gesagt, man hat ihm weh getan, und er ist anständig, und man muß es aufschreiben, daß ein Postexpeditor auch anständig ist.

Da hat der Weiß gelacht, und die andern haben auch gelacht, und die Tante Elis hat gesagt, der Onkel muß heim.

Der Onkel hat mit seinem Sacktuch die Tränen aufgewischt, und er hat gesagt, er mag nicht, und man muß es zuerst aufschreiben.

Der Knilling ist zu der Tante hin und hat gesagt, wir gehen gleich alle mit die Lampions heim, und da geht der Onkel schon mit.

Die Musik hat ein Zeichen gemacht, und die Leute haben sich aufgestellt. Meine Mutter hat wieder fahren dürfen, und der Seitz hat gesagt, es ist noch ein Platz da, vielleicht fahrt die Tante Elis, oder man ladet den Onkel auf.

Die Tante Elis hat gesagt, sie fahrt, und der Betrunkene muß gehen, daß er vielleicht nüchtern wird.

Die Musik hat, gespielt, und wir sind marschiert, und wir haben alle Lampions gehabt.

Vor mir ist die Cora gegangen mit Ännchen, und der Seitz und der Reinhardt waren bei ihnen.

Ich war neben dem Onkel Pepi. Der Sattler Weiß hat ihn gehalten, und er hat immer die Beine durcheinander getan, und er hat gesagt, wenn er tot ist, muß man auf den Grabstein eine Schrift machen, daß er Expeditor aber anständig gewesen ist.

Der Sattler Weiß hat gesagt, ja, es wird auf seinen Grabstein hingeschrieben.

Der Onkel hat gesagt, der Weiß muß es versprechen.

Der Weiß hat gesagt, er verspricht es. Da hat der Onkel wieder geweint und hat gesagt, daß alle Leute es lesen müssen, und daß man es erfährt, wenn er tot ist, und vielleicht fragt ihn der liebe Gott auch, ob er bei der Akademie war. Aber auf einmal hat er einen Hätscher gehabt und hat bloß still geweint.

Beim Tor hat die Musik aufgehört, und wir sind aber noch marschiert bis zum Stadtplatz, und da sind wir auseinandergegangen. Ich bin mit Ännchen und Cora, und der Seitz und der Reinhardt hat uns begleitet.

Bei unserm Haus hat meine Mutter gewartet, und sie hat zum Seitz gesagt, daß es ein gelungenes Fest war, und wir bedanken uns. Der Seitz hat gesagt, er hofft, daß die Damen zufrieden sind mit das Gebotene, und er hat meiner Mutter die Hand gegeben und Ännchen, und dann hat er seine Augen hinausgehängt und hat der Cora gute Nacht gesagt. Und der Reinhardt hat immer seine Absätze aufeinandergehaut.

Dann sind wir in unser Haus.

Ich habe beim Fenster hinausgeschaut; da sind sie drunten erst weggegangen, und man hat den Reinhardt gehört, wie er gesagt hat, sie ist eine famose Erscheinung.

Aber beim Buchbinder Stettner ist unter dem Haustor jemand gestanden und ist jetzt auch langsam fortgegangen.

Ich glaube, es ist der Franz gewesen.

Coras Abreise

Wie die Vakanz gar gewesen ist, da hat meine Mutter gesagt, das gute Kind muß uns leider verlassen, und sie hat die Cora gemeint. Die Engländerin, die mit ihr hergefahren ist, hat geschrieben, daß sie wieder hinfahrt, und da muß die Cora mit.

Es sind bloß mehr acht Tage gewesen, und es ist traurig gewesen. Schon in der Frühe ist es traurig gewesen, wenn wir Kaffee getrunken haben. Wenn die Cora bei der Türe hereingekommen ist, da ist unser Ännchen hingelaufen und hat sie geküßt und hat sich eingehängt, und meine Mutter hat einen Seufzer gemacht und hat gesagt, in Gottes Namen, es sind bloß mehr acht Tage. Und dann hat ihr Ännchen den Kaffee eingeschenkt, und wie die Cora gesagt hat, er ist ein bißchen schwarz, hat Ännchen furchtbar geweint und hat gesagt, sie hat es nicht mit Fleiß getan, und die Cora darf ihr nicht bös sein. Und meine Mutter hat ihr den Zucker hineingetan und hat zwei zuviel genommen und hat gefragt, ob er süß genug ist, und sie hat noch einen hineingetan.

Und Ännchen hat Butterbrot gestrichen, und meine Mutter hat Honig darauf gepappt, und sie haben alles der Cora hingelegt, und sie haben selber gar nichts gegessen.

Aber sie haben bloß immer mit dem Löffel in ihre Tassen herumgerührt, und meine Mutter hat gesagt, ach Gott, in acht Tage schwimmt das Kindchen schon bald auf dem Meere.

Die Cora hat gesagt, sie muß nicht glauben, daß es gefährlich ist, aber meine Mutter hat gesagt, es ist schon gefährlich. Sie ist einmal auf dem See gefahren, wo das Schiff stark geschaukelt hat, daß sie sich gefürchtet hat, und es war doch unser Papa dabei.

Die Cora hat gesagt, ihr Schiff ist viel größer; es ist dreimal so groß wie unser Haus; da kann kein Unglück nicht passieren.

Meine Mutter hat gesagt, man muß es hoffen, und dann hat sie gefragt, ob die Cora gerne hier war.

Die Cora hat gesagt, sie ist gerne hier gewesen, und meine Mutter war so lieb zu ihr und Ännchen und alle Leute, und es war so lustig, und sie muß es ihrem Vater erzählen, wie es in der kleinen Stadt war, und wie die Leute vor dem Fenster singen und dabei der Mond auf ihre Glatze scheint.

Da hat Ännchen gelacht, aber bloß ein bißchen. Und sie ist den ganzen Tag bei der Cora eingehängt gewesen, und beim gut Nacht sagen hat meine Mutter der Cora einen Kuß gegeben und hat gesagt, in Gottes Namen, morgen sind es bloß mehr sieben Tage.

Alle Leute haben es gewußt, daß die Cora fort muß.

Im Wochenblatt ist es gestanden, daß eine junge Dame von unserer Stadt scheidet und in die Heimat der Braminen geht, und daß man allgemein Glück für diese interessante Weltreisende wünscht.

Meine Mutter ist ganz stolz gewesen, daß die Cora in der Zeitung steht, und sie hat gesagt, man muß es ausschneiden.

Aber sie hat auch geweint, weil es heißt: in die Heimat der Braminen, und es ist furchtbar weit.

Der Buchbinder Stettner, bei dem man die Schulhefte kauft und die Pulverfrösche und die Knallerbsen, hat mich gefragt, ob es wahr ist, daß die Cora hin will. Ich habe gesagt, es ist schon wahr.

Da hat er aber gelacht und hat gesagt, man muß es nicht glauben, daß sie hingeht. Ich habe gesagt, ich weiß es gewiß, und sie hat schon eine Kajüte bestellt, wo man in der Hängematte drin liegt.

Er hat gesagt, sie glaubt es bloß, und sie kehrt wieder um. Er weiß es ganz genau, weil er auch einmal bis Frankreich gewollt hat und ist bloß bis Stuttgart gekommen, aber da ist er umgekehrt.

Ich habe gesagt, sie weint doch schon, und wenn sie nicht fort will, muß sie doch nicht weinen.

Da hat er den Kopf geschüttelt und hat gesagt, jetzt weiß er es ganz gewiß, und mit Weinen fangt es immer an, daß man umkehrt.

Der Kaufmann Schwaiger hat mich im Laden vor alle Leute gefragt, wann es losgeht.

Ich habe gesagt, in sechs Tage, und da hat er gesagt, ich muß daheim ausrichten, er empfehlt dem Fräulein den Weg über Suez, weil es näher ist, als wie über Kapstadt, und sie muß beim Roten Meer Obacht geben auf die Hitze, aber dann wird es wieder kühler.

Ich glaube, er hat es bloß gesagt, daß die Leute recht schauen, und die Magd vom Notar hat gleich gefragt, ob er schon dort war.

Er hat gesagt, er war beinah dort, aber er weiß es so genau von seine Pakete, die man ihm schickt.

Wie es bloß mehr fünf Tage war und noch viel trauriger, sind wir nach dem Essen im Zimmer gesessen, und die Lampe hat schon gebrannt. Meine Mutter hat zu der Cora gesagt, sie muß die Namen aufschreiben von alle Orte, wo sie hinkommt, daß man es auf der Landkarte sehen kann, wo sie ist. Ich habe gesagt, ich hole meinen Atlas, und bin hinaus. Da habe ich auf einmal dem Franz seinen Pfiff gehört, und ich habe den Atlas nicht geholt, sondern ich bin in den Garten hinunter.

Der Franz ist beim Brunnen gestanden, und es war ganz dunkel, und ich habe gefragt, bist du es?

Er ist näher zu mir gegangen und hat schnell gefragt, geht sie wirklich fort?

Ich habe gesagt, ja, am Samstag.

Da hat er meine Hand furchtbar stark gedrückt und hat gefragt, ob sie ganz fortgeht, daß man sie nicht mehr sieht. Ich habe gesagt, der Buchbinder Stettner glaubt, sie kehrt wieder um, aber ich glaube es nicht.

Da ist er auf den Brunnen gesessen und hat gesagt, er weiß es auch. Sie geht ganz fort, und niemand kann mehr hören, wie sie durch den Garten singt, und niemand kann mehr hören, wie sie lacht.

Ich habe gesagt, ich muß auch Zeitlang haben nach ihr, und ich habe gar nicht gedacht, daß man nach einem Mädchen Zeitlang haben muß.

Da hat er meinen Kopf gestreichelt und hat ganz still gesagt, ja, Ludwig, man muß Zeitlang haben nach ihr.

Auf einmal ist er fort gewesen, und ich habe es gar nicht gesehen, weil es so finster war. Wie ich im Bett gelegen bin, habe ich gedacht, warum die Cora fortgeht, wenn Alle nicht wollen; und ich habe gedacht, warum der Franz nichts sagt, daß er sie heiraten mag. Wenn er sie heiratet, bleibt sie noch lange bei uns, und sie fahrt bloß mit meiner Mutter fort, daß sie die Einrichtung kaufen, wie es bei unserer Marie gewesen ist. Und dann ist die Hochzeit zuerst in der Kirche, und dann in der Post, und es gibt Schampanier, und um vier Uhr sind der Franz und die Cora auf einmal nicht mehr da, und meine Mutter sagt, daß die beiden lieben Kinder in der Bahn sitzen und der liebe Gott sie begleiten muß. Aber die andern bleiben noch sitzen, und der Onkel Pepi kriegt einen Schwips und lacht furchtbar und fragt die Rosa, ob sie auch bald in der Bahn sitzen mag. Und dann wird getanzt. Es wird furchtbar lustig, aber der Franz traut sich nicht, und er hat es doch gesagt, wie wir hinter dem Holzstoß waren, daß er sich traut. Jetzt sind bloß mehr vier Tage, und vielleicht kriegt die Cora ihr Billet, und dann muß sie fort, weil es sonst ungültig wird.

Da ist mir eingefallen, daß ich es ihr sage, und ich bin ganz lustig geworden, und dann bin ich eingeschlafen.

In der Früh beim Kaffee haben sie wieder nichts gemocht, und die Cora auch nicht. Ännchen hat rote Augen gehabt und hat immer die Cora angeschaut, und wenn die Cora den Mund aufgemacht hat, hat sie ihr drauf geküßt.

Ich habe gedacht, wie sie anders sind, wenn sie auf einmal hören, die Cora bleibt da, und der Franz heiratet sie auf der Post. Aber ich habe mir noch nichts merken lassen. Nach dem Kaffee hat meine Mutter gesagt, Ännchen muß auf den Markt gehen und einkaufen. Ännchen hat gesagt, sie bittet die Cora, daß sie mitgeht, aber die Cora hat gesagt, sie muß ihre letzten Sachen einpacken, weil es Nachmittag abgeholt wird.

Da ist Ännchen ganz traurig hinaus, und ich habe aber zu der Cora geblinzelt. Sie hat gefragt, ob ich ihr was will, und meine Mutter hat mich angeschaut.

Da habe ich gesagt, ich will ihr nichts, und warum sie es glaubt. Weil du so merkwürdig mit die Augen machst, hat sie gesagt.

»Ich?« habe ich gefragt.

Aber meine Mutter hat gesagt, ich habe überhaupt so dumme Angewohnheiten; vielleicht war es eine.

Ich habe gedacht, sie wird es bald erfahren, und ich habe gewartet, bis sie hinaus war.

Da habe ich zu Cora gesagt, ich will ihr schon etwas.

Sie hat ein bißchen gelacht und hat gesagt, sie hat es gleich gedacht. Vielleicht habe ich wieder ein schlechtes Gewissen, und sie will mir zum Abschied gerne helfen, wenn sie kann.

Ich habe gesagt, es ist gar nichts wegen mir, sondern wegen ihr.

Wegen ihr? hat sie gefragt.

Jawohl, habe ich gesagt, und sie muß noch warten mit dem Einpacken, daß sie keine Arbeit nicht hat mit dem Auspacken. Sie hat gesagt, sie versteht mich gar nicht; ich soll es geschwind sagen.

Ich habe gesagt, ich kann es da nicht sagen, und ich komme zu ihr, wenn sie in ihrem Zimmer ist. Sie hat den Kopf geschüttelt und hat gefragt, was ich für merkwürdige Geheimnisse mache, aber da ist meine Mutter wieder herein, und ich habe geblinzelt und bin hinaus.

Oben auf dem Gang habe ich gepaßt, bis die Cora zu sich hinein ist. Da bin ich auch hinein.

Sie hat wieder ein bißchen gelacht und hat gesagt, sie muß um Entschuldigung bitten wegen die Unordnung, denn es ist alles voll Sachen, die in den Koffer müssen.

Ich habe gesagt, sie kann die Sachen in den Schrank tun, und der Koffer muß wieder auf den Dachboden.

Mit was sie dann reisen muß, hat sie gefragt.

Mit nichts nicht, habe ich gesagt.

Da hat sie gesagt, ich muß nicht solche Rätsel machen, weil sie kein so gescheidter Junge ist, wie ich, sondern bloß ein Mädchen, das kein Rätsel nicht auflösen kann.

Ich habe gesagt, ich erkläre es gleich, und sie muß zuerst sagen, ob sie gerne hier bleibt, oder ob sie lieber fahrt.

Sie hat gesagt, daß man nicht fragt, ob sie mag, sondern sie muß zu ihrem Papa.

Ich habe gesagt, kein Mädchen bleibt bei ihrem Papa, wenn es heiratet, sondern es fahrt mit der Eisenbahn fort, und die Mädchen tun bloß so, als ob sie bei dem Papa bleiben mögen, aber sie sind doch froh, daß sie fortfahren dürfen, wenn die Hochzeit vorbei ist.

Da hat die Cora auf einmal gelacht, als wie früher, und sie hat sich auf den Koffer gesetzt und hat mich angeschaut, und sie hat gesagt, es ist großartig, was ich für gute Kenntnisse habe.

Ich habe gesagt, ich weiß es genau, weil ich schon dabei war. Unsere Marie hat auch geheult, wie sie mit dem Bindinger fort ist, aber in ein paar Tage hat meine Mutter gesagt, daß sie einen furchtbar glücklichen Brief geschrieben hat, und da hat man gemerkt, daß sie froh war. Die Cora hat noch immer gelacht, und sie hat gesagt, ich bin der feinste Junge von dem alten Europa, und es ist furchtbar nett, daß ich sie heiraten will, bloß daß sie bleibt, aber es geht nicht, weil ich noch zehn Jahre warten muß, und so lange kann sie nicht mit die Vorbereitungen hier bleiben.

Da habe ich gesagt, ich will sie gar nicht heiraten.

Sie hat gesagt, das ist schade, und sie hat sich umsonst gefreut, aber sie versteht gar nicht, warum ich dann so rede.

Da habe ich ihr gesagt, daß sie den Franz heiraten darf und keine zehn Jahre nicht warten muß.

Sie ist ganz rot geworden und hat das Lachen aufgehört. Und sie hat gefragt, ob es der Herr Reiser weiß, daß ich mit ihr so was rede.

Ich habe gesagt, er weiß es nicht; ich habe ihm nichts gesagt, aber wenn es vorbei ist, da ist er froh.

Du hast es ganz auf deine Rechnung gemacht? hat die Cora gefragt.

Jawohl, habe ich gesagt. Ich habe mich schon getraut, weil ich weiß, wie es geht, aber der Franz traut sich nicht. Er möchte es furchtbar gern sagen, aber, wenn er dich sieht, versteckt er sich hinter dem Holzhaufen. Da ist sie wieder ein bißchen rot geworden und sie hat gesagt, sie muß denken, ich will bloß, daß sie nicht fortgeht, und ich bin ein guter Bengel.

Ich habe gesagt, ich will auch, daß der Franz wieder lustig wird. Früher hat er mir gezeigt, wie man Einen schnell hinschmeißt und wo man Einen hinhaut, daß er keine Luft nicht mehr hat, aber jetzt will er mir nichts zeigen und redet blos, daß ich lernen soll, bis ich griechisch kann, weil Einen sonst die Mädchen nicht mögen und lieber mit die Apotheker tanzen.

Die Cora ist aufgestanden und ist ganz nah zu mir gegangen und hat in jede Hand mein Ohr genommen, aber sie hat nicht weh getan und sie hat ganz sanft geredet. Sie hat gesagt, es ist wahr, daß ich lernen muß, aber nicht wegen die Mädchen, sondern wegen meine alte Mutter, die so furchtbar gut ist und die so gerne einen Stolz haben möchte mit mir. Ich muß es ihr zum Abschied versprechen und ich bin gewiß ein tapferer Junge, der sein Wort hält.

Ich habe gesagt, ich will es schon probieren, aber warum sie sagt, zum Abschied, wenn sie doch den Franz heiraten darf.

Sie hat gesagt, wir wollen nicht von solchen Sachen reden, oder wir wollen später einmal davon reden, wenn ich groß bin und vielleicht nach Indien komme. Das ist wahr, habe ich gesagt, ich muß hin, weil ich doch einen Tiger schieße.

Aber zuvor muß ich tüchtig lernen, hat sie gesagt, und ich muß ein rechter Mann werden, daß sich die alte Mutter an mich stützen kann und ich muß ihr die Hand darauf geben.

Ich habe sie ihr gegeben, und sie hat einen festen Ruck gemacht, als wenn sie ein Junge ist.

Und dann hat sie gesagt, ich muß jetzt gehen, weil sie einpackt.

Aber bei der Türe bin ich stehen geblieben, und ich habe gesagt, ich fürchte, der Franz wird jetzt ganz traurig.

Sie hat ein bißchen gelacht und hat gesagt, er wird schon wieder lustig, und in einigen Wochen zeigt er mir wieder, wie man Einen hinschmeißt, und er wird später gewiß ein Mann, der so viel wert ist, wie die Apotheker, und ich darf es ihm sagen, wenn sie fort ist.

Da bin ich hinaus, und ich habe gedacht, daß es ganz anders war, als wie ich gemeint habe, aber sie ist ein feines Mädchen, und es ist furchtbar schade, daß sie fort muß. Kein Mensch möchte nicht weinen, wenn die Rosa nach Afrika geht; und wenn man weiß, daß sie von einer Riesenschlange kaput gedrückt wird, möchte man auch nicht weinen. Aber leider, sie geht nicht hin.

Und dann ist der Samstag gekommen, und um zehn Uhr haben wir auf die Bahn müssen, aber um sechs Uhr sind wir aufgestanden.

Ännchen hat ein ganz nasses Gesicht gehabt, und meine Mutter hat auch immer mit dem Sacktuch die Augen gewischt, und die Cora ist blaß gewesen.

Sie hat aber gesagt, man muß nicht traurig sein, sondern man muß sich freuen auf das Wiedersehen.

Da hat meine Mutter den Kopf geschüttelt, und sie hat gesagt, sie ist so alt, und man kann nicht denken, daß sie noch einmal die Cora sieht.

Ich kann es nicht aushalten, wenn sie solche Worte macht, und ich habe es jetzt auch nicht ausgehalten, sondern ich habe furchtbar geweint. Und da ist es um den ganzen Tisch angegangen, und Ännchen hat es gestoßen, und über der Cora ihre Backen sind die Tränen gekugelt, aber ich habe am lautesten getan. Da hat meine Mutter gesagt, es ist nicht recht, daß wir der Cora ihr Herz schwer machen, und sie fahrt doch heim zu ihrem lieben Papa.

Die Cora hat sich gewischt, und sie hat probiert, ob sie nicht ein bißchen lachen kann, und sie hat sich hinübergesetzt auf das Kanapee neben meiner Mutter und hat ihr die Hand geküßt. Sie hat gesagt, sie will ihrem Papa erzählen, wie schön es in dem alten Deutschland ist, und noch gerade so schön, als wie er da gewesen ist. Die Sonne scheint darüber, und die Bäume machen Musik im Wald, und der Bach lauft durch die Wiesen und ist so lustig und so klar, als wenn es nicht vierzig Jahr später ist. Und mitten in dem lieben Deutschland sitzt seine Schwester und hat ein bißchen graue Haare aber kein altes Herz nicht, und das Herz schlägt recht stark für den Mann, der so weit weg ist, und wenn die Sonne hinuntergeht, gibt sie ihr aus dem kleinen Zimmer einen Gruß mit, und die Sonne bringt ihn mit, wenn sie drunten aufgeht.

Ja, hat meine Mutter gesagt, und allen Segen von der alten Heimat. Es ist furchtbar, was sie für Worte gemacht haben, daß man nicht hat aufhören können zum Weinen.

Aber dann hat meine Mutter zu Ännchen gesagt, ob sie das Schinkenbrot eingewickelt hat, und die Flasche Wein, und das Obst. Und sie hat zu Cora gesagt, sie darf nicht am offenen Fenster sitzen in der Eisenbahn, und sie muß den Rotwein trinken, und wenn sie im Hotel ist, muß sie die Türe zusperren und unter dem Bett schauen, und sie darf in keinem Eisenbahnwagen allein sitzen, sondern immer wo Leute sind.

Die Cora hat es versprochen, und sie hat auch versprochen, daß sie überall schreibt, ob sie gut hingekommen ist, und Ännchen hat gesagt, sie will jeden Tag genau aufschreiben, wie es gewesen ist, und es der Cora schicken.

Auf einmal ist die Magd gekommen und hat gesagt, der Wagen ist da, und über die Stiege ist der Kutscher gegangen und hat gefragt, ob man keinen Koffer nicht hat.

Die Magd hat die zwei Koffer geholt, und Cora ist mit Ännchen hinauf, und sie haben eine Tasche geholt. Aber meine Mutter ist im Zimmer geblieben, weil sie nicht mit auf die Bahn ist. Die Cora hat sie lang gebittet, daß sie nicht mitgeht; sie hat gesagt, sie mag von meiner Mutter nicht vor fremde Leute auf der Bahn Abschied nehmen, und sie will, daß meine Mutter beim Fenster hinausschaut, wenn sie sich noch einmal umdreht und das liebe Haus, wo sie gewohnt hat, zum letztenmal sieht.

Da hat meine Mutter gesagt, sie will es tun.

Aber jetzt sind sie wieder heruntergekommen mit die Koffer und der Tasche, und die Cora ist zuerst in das Zimmer.

Meine Mutter ist langsam von dem Kanapee aufgestanden, und sie hat gesagt, in Gottesnamen, es muß sein.

Die Cora ist schnell zu ihr, und sie hat sie umgearmt, und sie hat gesagt, liebe, liebe Mutter. Ich habe geglaubt, meine Mutter weint jetzt, und wir müssen auch.

Aber meine Mutter hat nicht geweint, und ihre Stimme war ganz still, und sie hat gesagt, leb wohl, mein gutes, stolzes Kind.

Und da hat sich die Cora gebückt und hat ihre Stirne auf die Hand von meiner Mutter gelegt und ist schnell fort. Und draußen hat sie gesagt, jetzt kommt, und sie ist voran über die Stiege.

Vor unserm Haus sind viele Leute gewesen. Der Sattler Weiß ist dagestanden und der Kaufmann Schwaiger und der Buchbinder Stettner und der Kollerbräu und die Bräuburschen, und viele Frauen und Kinder sind dagewesen.

Sie haben es sehen gewollt, wie es geht, wenn man nach Indien fahrt. Ich bin ganz stolz gewesen, und ich habe vom Bock heruntergeschaut, und der Sattler Weiß hat seinen Hut geschwenkt und hat gerufen, glückliche Reise über dem Meere.

Aber der Stettner ist ganz nah gestanden, und er hat zu mir auf den Bock geblinzelt und hat gesagt, auf Wiedersehen in acht Tagen, und er hat gelacht.

Da hat der Kutscher geknallt, und der Wagen ist fort und hat Spetakel gemacht über das Pflaster, und die Leute haben gerufen.

Die Cora ist aufgestanden und hat mit dem Taschentuch gewunken, und meine Mutter hat beim Fenster hinausgeschaut und hat auch gewunken. Zuerst hat man sie gut gesehen, aber dann hat man bloß mehr ihr weißes Sacktuch gesehen, und dann sind wir um die Ecke gefahren.

Auf dem Bahnhof ist die Tante Theres gestanden mit ihrer Rosa, und der Onkel Pepi war da. Der Seitz und der Amtsrichter Reinhardt ist auch da gewesen, und der Knilling und die Frau Notar und andere Leute.

Ganz hinten habe ich den Franz gesehen, und er hat einen Blumenstrauß in der Hand gehabt.

Die Tante Theres ist hergekommen und hat gefragt, wo meine Mutter ist. Die Cora hat gesagt, sie hat meine Mutter gebittet, daß sie nicht mitkommt.

Da hat die Tante Theres gesagt, so? Und sie hat ihre Rosa angeschaut, daß sie sich es merken muß. Und die Rosa hat ihre Augen herumgehen lassen, daß sie alles sieht und sich merkt.

Dann hat die Tante Theres die Blumen angeschaut, die meine Mutter der Cora gegeben hat, und sie hat gesagt, es sind viele Rosen, und in diese Jahreszeit muß man die Rosen bis von München schicken lassen, weil man hier keine kriegt. Und sie hat wieder ihre Rosa angeschaut.

Und dann hat sie gefragt, also jetzt geht die Reise wirklich fort? Die Cora hat gesagt, ja, und sie hat Ännchen ihr Gesicht gestreichelt.

Die Tante Theres hat gesagt, gewiß freut sich die Cora auf Indien, weil sie es viel besser gewohnt ist wie hier, aber unser Ännchen muß jetzt einsam sein, denn sie ist ja mit gar niemand mehr verkehrt, als mit der Cora, und jetzt ist sie allein.

Da hat aber der Onkel Pepi geredet und er hat gesagt, es ist schade, daß er so alt ist; wenn er noch jung wäre, ließe er die Cora nicht fort, und die jungen Menschen heute sind dumm, weil sie so ein hübsches Mädchen fortlassen.

Die Cora hat zu ihm gelacht und hat ihm die Hand geschüttelt, und der Onkel Pepi hat auch gelacht.

Aber die Tante Theres hat die Rosa angeschaut, daß sie es sich merkt.

Jetzt hat der Zug von der nächsten Station abgeläutet, und der Expeditor ist mit seine rote Mütze hergekommen und hat gegrüßt wie ein Offizier und hat dem Stationsdiener gewunken. Er ist hergesprungen, und der Expeditor hat ihm gesagt, er muß das Gepäck hintragen für das gnädige Fräulein, welches bis Indien fahrt.

Die Cora hat ihm gedankt, und er hat gegrüßt wie ein Offizier, und er war furchtbar stolz.

Und der Stationsdiener hat die Koffer genommen und hat sie mitten hingestellt, und er war auch stolz.

Der Seitz und der Reinhardt sind hergegangen, und der Seitz hat gesagt, er ist gekommen für das letzte Lebewohl. Die Cora hat gesagt, er ist sehr freundlich, und sie hat dem Seitz und dem Reinhardt die Hand gegeben.

Der Reinhardt hat die Absätze aufeinander gehaut, und der Seitz hat gesagt, vielleicht versinkt die Erinnerung in den tiefen Ozean und unter die Palmen.

Aber die Cora hat nicht aufgepaßt, und sie hat mit Ännchen geredet, daß sie nicht so weinen muß, und sie bleiben einander gut, und dann hat sie still mit ihr geredet, und sie haben sich oft geküßt.

Die Rosa hat immer hingeschaut, und ich glaube, sie hat es gezählt.

Aber der Onkel Pepi hat geschnupft, und er hat wieder gesagt, der Teufel muß ihn holen, wenn er ein junger Mann sein möchte, darf kein so hübsches Mädchen nicht fort.

Da hat man hinter dem Weberberg einen Rauch gesehen, und es war schon der Zug. Der Stationsdiener ist gelaufen, und er hat geläutet und hat gerufen, daß man einsteigen muß.

Der Expeditor ist wieder gekommen mit seine rote Mütze, und alle Leute sind um die Cora herumgewesen. Ich habe geschaut, ob der Franz nicht kommt, aber er ist hinten gestanden. Da hat ihn die Cora auch gesehen, und sie ist geschwind zu ihm gegangen, und er hat seinen Hut herunter, und in der andern Hand hat er die Blumen gehabt. Die Cora hat gefragt, ob ihr die Blumen gehören.

Er hat gesagt ja, und er ist rot gewesen, als wenn er brennt.

Sie hat die Blumen genommen, und sie hat gesagt, es freut sie, und sie hat ihm die Hand fest geschüttelt und hat gesagt, leben Sie wohl und behalten Sie mich in einem guten Andenken. Dann ist sie weg, und der Franz hat nichts sagen gekonnt und hat sich geschwind umgedreht, daß man nicht sieht, daß er weint.

Aber die Cora ist zu dem Wagen, und es war erste Klasse, und der Stationsdiener hat furchtbar laut dem Kondukteur gerufen, daß er aufmacht für das Fräulein, welches bis Indien fahrt.

Und der Kondukteur hat die Tür aufgerissen, und er hat seine Hand an die Mütze getan und der Stationsdiener hat die Koffer hineingeschoben. Die Cora hat Ännchen umgearmt, und dann hat sie mich auch umgearmt, und sie hat gesagt, ich bin ein tapferer Junge und halte gewiß mein Wort, und dann hat sie wieder Ännchen geküßt. Der Expeditor ist hergekommen und hat gesagt, man muß entschuldigen, aber der Zug geht.

Da ist die Cora hinein.

Sie hat das Fenster heruntergetan und hat zu mir und zum Ännchen gesagt, lebt wohl und auf Wiedersehen!

Der Seitz hat gerufen, Glück auf in dem Lande der Braminen, aber Ännchen hat bloß geschluchzt, Cora, liebe Cora, und der Zug ist gegangen, und sie ist daneben her gelaufen.

Aber dann ist der Zug schnell gegangen, und beim Bahnwärterhaus hat man noch ihr weißes Tuch gesehen.

Und dann war sie fort.

Hauptmann Semmelmaier

Es ist in der Zeitung gestanden, daß der Hauptmann Semmelmaier und seine Frau die ungeratenen Kinder auf den rechten Weg bringen und sie zu gute Schüler verwandeln, weil er ein Offizier war, und sie war eine Guwernante.

Da haben sie mich hingebracht. Meine Mutter hat nicht wollen, aber die andern haben gesagt, es ist ein Fingerzeig Gottes, und es ist das letzte Mittel, was man für mich hat. Da hat meine Mutter gesagt, in Gottes Namen, man muß es probieren, ob es vielleicht der Hauptmann Semmelmaier kann, und sie ist mit mir in die Stadt gefahren. Er wohnt in der Herrenstraße, und man muß vier Stiegen hinauf. Meine Mutter ist nach jeder Stiege hingestanden und hat ausgeschnauft und hat einen Seufzer gemacht. Sie hat gesagt, daß sie es nicht geglaubt hat, wo sie überall hingehen muß mit mir.

Und dann sind wir oben gewesen, und ich habe geläutet. Eine Magd hat aufgemacht, und sie hat mich angeschaut, wie die Leute immer schauen, wenn der Schandarm einen bringt. Aber sie hat uns in ein Zimmer geführt, wo wir haben warten gemußt. Auf einmal ist die Tür aufgegangen, und ein Mann und eine Frau ist gekommen. Der Mann war groß und er hat einen Bauch gehabt, und sein Bart ist bis auf den Bauch gehängt, und seine Augen sind ganz rund gewesen, und er hat sie beim Reden furchtbar gekugelt, aber wenn er was Trauriges gesagt hat, da hat er die Deckel darüber fallen gelassen. Er hat ganz langsam geredet, und ein Wort hat lang gedauert, weil es durch die Nase gegangen ist, und sie war furchtbar groß. Er hat mir gar nicht gefallen und die Frau hat mir aber auch nicht gefallen. Sie war ganz klein und mager, und ihre Nase war gelb, und ihre Augen sind schnell herumgegangen, und sie hat beim Reden den Mund bloß ein bißchen aufgemacht, und da hat es getan, als wenn es dazu pfeift.

Der Mann hat gesagt, er hat die Ehre mit die Frau Oberförster Thoma, nicht wahr? Meine Mutter hat gesagt, ja, und sie ist gekommen, weil der Herr Hauptmann so berühmt ist wegen seine Erziehungskunst, und sie hat schon geschrieben. Der Mann hat gesagt, er weiß alles, und dann hat er seine Hand auf meinen Kopf getan, und er hat gesagt, er muß also einen tüchtigen Menschen aus diesem Purschen machen, nicht wahr? Meine Mutter hat gesagt, man muß es probieren, und vielleicht geht es in Gottes Namen. Der Mann hat seine Augen gekugelt und hat gesagt, es geht. Und die Frau hat gesagt, sie haben schon hundertfünfzig Knaben verwandelt, und es sind viele dabei gewesen, wo man keine Hoffnung nicht mehr gehabt hat, und heute sind sie nützliche Menschen, zum Beispiel Assessor und Offizier und Studenten.

Da hat der Mann gesagt, es ist wunderbar, wie die Leute für ihn schwärmen, wenn sie verwandelt sind, und erst gestern ist ein Leutnant dagewesen, der gesagt hat, er verdankt ihm alles, was er geworden ist, und er ist jetzt Ulan. Meine Mutter hat gesagt, ich muß aufmerken und ich muß den Vorsatz nehmen, daß ich auch einmal komme und dem Herrn Hauptmann danke. Er kommt, hat der Mann gesagt; es gibt keinen Zweifel nicht, daß einmal die Tür aufgeht und ein ritterlicher Offizier geht herein und sagt, daß er der Ludwig Thoma ist und dem alten Semmelmaier die Hand drücken muß. In Gottes Namen, man muß es hoffen, hat meine Mutter gesagt, und sie glaubt es, weil er doch auch ein Offizier war. Da hat der Mann seinen Bart genommen, und er hat ihn in die Höhe getan, daß man einen Orden gesehen hat. Er hat mit dem Finger hingedeutet, und er hat gesagt, daß er ihn bekommen hat von seinem König, und daß er ihn verdient hat auf das Schlachtfeld von Wörth. Dann hat er seinen Bart wieder fallen gelassen. Und dann hat er gesagt, er muß gehen, weil der Graf Bentheim auf ihn wartet, und er hat ihn auch verwandelt. Meine Mutter hat gesagt, sie ist ganz froh, weil der Hauptmann ihr so viel Hoffnung macht, und sie ist dankbar. Der Mann hat die Deckel über seine Augen getan und hat gesagt, er will mich ansehen für seinen Sohn, und dann hat er wieder die Hand auf meinen Kopf gelegt, und er hat gesagt, daß der Tag kommt, wo der junge Mann dem alten Semmelmaier die Hand drückt. Und dann ist er gegangen.

Meine Mutter hat zu der Frau gesagt, sie hat gesehen, daß ich an die richtige Stelle bin und ein gutes Beispiel vor Augen habe. Und die Frau hat gesagt, es ist die Hauptsache, daß man Vertrauen hat, und sie bittet meine Mutter, daß sie ihr sagt, auf was man bei ihm Obacht geben muß. Da hat meine Mutter einen Seufzer gemacht, und sie hat gesagt, ich habe ein gutes Herz, aber ich bin ein bißchen zerstreut, und ich lerne nicht gern, und ich denke lieber an andere

Sachen, und ich nehme mir immer alles Gute vor, aber ich tue es
nicht.

Die Frau hat gesagt, es sind lauter Fehler, die ihr Mann kurieren
kann; er hat ein eisernes Pflichtgefühl, und er bringt es in die Knaben hinein. Da hat meine Mutter gesagt, ich bin auch ein bißchen
trotzig, und man kann mit der Güte bei mir viel mehr hineinbringen
als mit der Strenge. Die Frau hat mit dem Kopf genickt und hat
gesagt, daß ihr Mann die Güte auch kann. Die Knaben werden ganz
weich, weil er so gut ist, und er sagt immer, er muß ihr Vater sein.
Meine Mutter hat ihr die Hand gegeben und hat gesagt, sie bittet,
daß die Frau auch die Mutter macht von mir. Die Frau hat gesagt,
sie will es tun, und sie hat mich ins Gesicht gestreichelt, aber es war
ekelhaft, weil ihre Finger ganz kalt und naß sind. Dann sind wir in
der Wohnung herumgegangen, und sie hat meiner Mutter gezeigt,
wo mein Zimmer ist. Es ist schön gewesen, und es war eine Bücher-
stelle da und ein Schreibtisch und ein Schrank und ein Bett. Das
Fenster war groß, und man hat viele Häuser gesehen. Meine Mutter
hat gesagt, daß es so hell und reinlich ist, und da kann ich furchtbar
studieren, und ich soll nicht zu oft bei dem Fenster hinausschauen,
und ich muß Ordnung haben im Schrank und auf dem Tisch, und
wenn ich vielleicht recht fleißig bin, darf ich wieder heim. Ich habe
gedacht, ich will so tun, als wenn ich gleich verwandelt bin, daß ich
bald fort darf, denn ich habe schon Heimweh gehabt, und die Frau
hat mir gar nicht gefallen. Meine Mutter hat gefragt, ob noch andere
Knaben da sind. Die Frau hat gesagt, es sind zwei Baron und drei
andere da, und vielleicht kommt noch ein Graf, und zwei sind jetzt
das dritte Jahr da und sind beinah fertig gemacht, aber die anderen
drei sind erst ein Jahr in der Arbeit, und man sieht aber schon die
Verwandlung. Bloß einer ist widersetzig, und ihr Mann muß oft bei
der Nacht aufwachen und nachdenken, wie er ihn verbessert. Und
sie muß mich warnen, daß ich keine Freundschaft mit ihm mache.
Er heißt Max, und sein Vater war ein Leutnant, der im Krieg totge-
schossen worden ist. Da hat meine Mutter zu mir gesagt, ich muß
dankbar sein für diese Belehrung, und ich muß folgen und bloß
Freundschaft haben mit den Braven. Und dann hat sie gebittet, daß
ich heute noch bei ihr bleiben darf, aber morgen früh bringt sie mich
her, und mein Koffer kommt auch. Wir sind gegangen, und meine
Mutter hat auf der Stiege gesagt, sie muß glauben, daß ich jetzt ein

anderer Mensch werde durch den Hauptmann Semmelmaier, und wenn er es nicht kann, wo er es doch bei so viele kann, dann weiß sie keinen mehr. Ich bin mit meiner Mutter in der Stadt herum, weil sie Sachen gekauft hat, und wenn ein Student gegangen ist, hat meine Mutter gesagt, ich muß mir vornehmen, daß ich auch einer werde. Aber dann ist eine Musik gekommen mit Soldaten, und nach der Musik ist ein Offizier gegangen, der hat einen Säbel in der Hand gehabt. Da hat meine Mutter gesagt, wenn ich dem Semmelmaier folge, dann darf ich auch einmal mit der Musik marschieren, und ich soll einen Vorsatz machen. Am Nachmittag hat sie einen Besuch gemacht beim Oberförster Heiß. Der hat ganz weit draußen gewohnt, und sein Haus ist in einem Garten gestanden, da war es so schön, als wie bei uns. Ein Dackel hat gebellt, und im Hausgang hat man schon den Tabak gerochen, und im Zimmer waren viele Geweihe aufgehängt. Der Heiß hat sich gefreut, daß wir da sind, und die Frau Heiß hat einen Kaffee und Kuchen gebracht, und sie haben mit meiner Mutter geredet, wie es früher gewesen ist, wo mein Vater noch gelebt hat, und er war der beste Freund vom Heiß, und sie sind immer beieinander gewesen. Und da hat der Heiß mit der Pfeife zu mir gedeutet, und er hat gesagt, ich muß auch im Wald leben, weil ich aus einem Fuchsbau bin, und ob ich will. Ich habe gesagt, ich will es am liebsten. Aber meine Mutter hat wieder einen Seufzer gemacht, und sie hat gesagt, daß ich nicht studieren mag. Der Heiß hat gerufen: halloh, soviel muß ich schon lernen, daß ich Förster werde, und es ist nicht viel. Er hat gefragt, wo ich jetzt bin. Meine Mutter hat es ihm erzählt, daß ich daheim in der Lateinschule gewesen bin und nichts nicht gelernt habe, und daß die Verwandten sagen, sie ist schuld, weil sie nicht streng ist, und jetzt hat sie mich zum Hauptmann Semmelmaier gebracht, der die Schüler so gut verwandeln kann, und morgen muß ich hin. Der Heiß hat gelacht, und er hat gesagt, er hat es noch gar nicht gehört, daß ein Hauptmann so gut paßt für einen Lehrer. Meine Mutter hat gesagt, er ist kein Lehrer nicht, sondern er gibt für die Knaben das eiserne Pflichtgefühl, und seine Frau ist eine Guwernante, wo man die Manieren lernt. Der Heiß hat in die Pfeife hineingeblasen, und er hat furchtbar geraucht, und dann hat er gefragt, wie der Hauptmann sich schreibt, weil er seinen Namen nicht gleich verstanden hat. Er heißt Semmelmaier, hat meine Mutter gesagt. Der Heiß hat die Pfeife aus dem Mund getan und hat immer gesagt: Semmelmaier,

Semmelmaier. Meine Mutter hat gefragt, ob er ihn kennt. Da hat der Heiß gesagt, er weiß es nicht, ob er es ist, aber im Krieg war ein Leutnant bei ihm, der hat Josef Semmelmaier geheißen, und er war so dumm, daß ihn die Soldaten den Hornpepi geheißen haben, und er hat sich immer versteckt, wenn es geschossen hat. Der Heiß hat gesagt, er hofft, daß es nicht der nämliche ist. Es ist gewiß nicht der nämliche, hat meine Mutter gesagt, denn unser Hauptmann Semmelmaier ist gescheit, und alle Leute loben ihn, und sie danken dem lieben Gott, daß sie bei ihm gewesen sind, und ich muß gegen ihn Ehrfurcht haben. Da hat der Heiß gesagt, vielleicht ist er gar nicht der Hornpepi. Nach dem Kaffee sind wir gegangen, und auf dem Weg hat meine Mutter zu mir gesagt, ich darf nicht glauben, daß der Semmelmaier der Hornpepi ist, und sie hat den Heiß gern, weil er ein Freund von meinem Vater gewesen ist, aber er ist ein Jäger, und die Jäger machen oft solche Späße, die für keinen Knaben nicht passen. Ich habe gedacht, ich glaube schon, daß der Semmelmaier der Hornpepi ist, weil er die Augen so kugelt, aber ich habe nichts gesagt. Am andern Tag sind wir wieder zum Semmelmaier, und meine Mutter hat zu ihr gesagt, sie übergibt mich in die Hände von ihr, und meine Wäsche ist ordentlich beisammen. Und zum Semmelmaier hat sie gesagt, sie muß jetzt viele Hoffnung durch ihn haben. Er hat ihr seine Hand gegeben und hat auf die Decke geschaut und er hat gesagt, er tut, was die Menschenkraft kann, und der liebe Gott muß ihn segnen. Meine Mutter hat geweint, wie sie fort ist, und sie hat mir einen Kuß gegeben, und wie sie schon auf der Stiege war, hat sie sich umgedreht, und sie hat gesagt, sie geht mit Freuden, weil sie weiß, daß ich verwandelt werde. Ich bin allein umgekehrt, und da habe ich aber furchtbar Heimweh gekriegt, und ich habe gedacht, wenn ich daheim immer fleißig war, muß ich jetzt nicht bei fremde Leute sein. Die Frau war gleich nicht mehr so freundlich, wie ich allein war. Sie hat mich in ein Zimmer geführt, das bloß ein Fenster in den Gang hatte, und es war nicht hell. Ich habe gesagt, ich will in das Zimmer, wo wir gestern gewesen sind.

Da hat sie gesagt, ich muß jetzt da bleiben, weil in das andere Zimmer ein Graf kommt, aber später kriege ich vielleicht ein anderes.

Ich habe nichts mehr gesagt, weil ich so traurig gewesen bin, und ich habe meine Sachen ausgepackt und habe immer die Kleider angeschaut, wo ich daheim damit herumgegangen bin. Und da ist mir eingefallen, wie es schön war, und ich habe geweint, bis ich zum Essen gegangen bin. Es sind drei Knaben dagewesen und der Semmelmaier und sie.

Der Semmelmaier ist aufgestanden, und er hat ein Gebet gesagt, daß wir Gott bitten, er muß die Mahlzeit segnen. Es war aber bloß Reis in der Milch, und ich mag ihn nicht.

Ich habe immer geschaut, wie die drei Knaben sind. Einer hat rote Haare gehabt und Sommersprossen und hat Wendelin geheißen, und er hat mir nicht gefallen. Der andere hat die Haare ganz hineingepappt gehabt, und er hat die Augen immer auf den Boden getan. Das war der Alfons, und er hat mir auch nicht gefallen. Aber noch einer ist dagewesen, der hat lustig zu mir geschaut und hat gelacht; er hat Max geheißen. Ich habe gedacht, ob ich sie hinschmeißen kann, und ich habe es gleich gesehen, daß es keine Kunst ist bei dem Wendelin und bei dem Alfons. Aber der Max war so groß wie ich, und er hat stark ausgeschaut.

Der Semmelmaier hat gesagt, er muß mich als ein neues Mitglied von der Anstalt vorstellen, und er muß die anderen ermahnen, daß sie mir ein gutes Beispiel geben, und er muß mich ermahnen, daß ich dem guten Beispiel folge.

Und sie hat gesagt, ich muß den Reis nicht herumrühren, sondern ich muß ihn essen, oder ob ich vielleicht heiklig bin.

Ich habe gesagt, ich mag keinen Reis nicht gern.

Sie hat gesagt, es gibt kein Mögen nicht, die Knaben müssen essen, was sie kriegen. Der Semmelmaier hat gesagt, daß der Reis nahrhaft ist, und in Asien leben alle Leute davon, und die Völker, wo man Fleisch ißt, sind keine guten Soldaten nicht, als wie die andern, wo man bloß Reis kriegt. Aber er hat einen Braten gehabt und Kartoffelsalat.

Nach dem Essen hat er wieder gebetet, daß man Gott dankt für alles, was er beschert hat.

Und dann ist er gegangen. Wir sind auch hinaus, weil wir ein bißchen auf die Straße haben dürfen. Auf der Stiege hat der Max zu mir gesagt, ich soll mit ihm gehen, und nicht mit die andern. Das habe ich getan.

Wir sind gegangen, bis wir auf eine Wiese gekommen sind. Da haben wir uns auf eine Bank gesetzt, und der Max hat gefragt, wer mein Vater ist.

Ich habe gesagt, er ist tot, aber er war ein Oberförster. Da hat er gesagt, daß sein Vater ein Leutnant war, und er ist auch tot, weil ihn die Franzosen geschossen haben.

Er hat gesagt, ich soll probieren, ob ich seinen Arm biegen kann. Es ist nicht gegangen, aber er hat meinen Arm auch nicht biegen können. Da ist er über die Bank gesprungen und hat gesagt, ich soll es nachmachen. Ich habe es ganz leicht gekonnt, und er hat gefragt, ob ich vielleicht auf die Hände gehen kann. Ich habe es ihm gezeigt, und ich habe ein Rad geschlagen.

Da hat er gesagt, ich gefalle ihm gut, und ich muß zu ihm helfen. Ich habe gesagt, daß er mir gleich gefallen hat, und ich habe schon gedacht, daß er so ist, weil die Frau Semmelmaier gesagt hat, ich darf keine Freundschaft mit ihm nicht haben.

Er hat gesagt, sie ist eine geizige und gemeine Frau, welche nichts Gescheites zum Essen hergibt, und sie will von die Knaben sparen.

Ich habe gefragt, wie er ist.

Der Max hat gesagt, der Semmelmaier ist dumm, und er kümmert sich gar nicht um einen; bloß wenn die Eltern da sind, macht er solche Lügen, als wenn er uns erzieht.

Ich habe gesagt, daß er zu meiner Mutter erzählt hat, daß die Leute kommen und ihm danken, wenn sie Offiziere geworden sind.

Der Max hat gesagt, daß er es immer erzählt, und die Eltern glauben es. Aber wenn man drei Wochen da ist, merkt es jeder, daß er bloß schwindelt.

Da habe ich erzählt, was der Heiß gesagt hat, vom Hornpepi. Der Max hat furchtbar gelacht, und er hat gesagt, daß der Semmelmaier Josef heißt, und er ist es ganz gewiß.

Und dann hat er zu mir gesagt, ich muß Obacht geben auf den Alfons und den Wendelin. Sie verschuften ihn und sagen alles, was

sie hören, und er hat gesagt, wir müssen zusammenhalten. Er ist so
froh, daß einer da ist, der ihm gefällt.

84

Wie ich schon ein Monat da war, habe ich gesehen, daß es mir beim Semmelmaier gar nicht gefallt. Sie hat uns furchtbar wenig zum Essen gegeben, und wenn ich gesagt habe, daß es mich hungert, dann hat er geredet, und er hat gesagt, er weiß nicht, wie es mit Deutschland noch gehen muß, wenn die Jugend so ungenügsam ist. Er hat drei Tage nichts gegessen und getrunken, wie er im Krieg war, und am vierten Tag hat es auch kein Fleisch gegeben, sondern bloß Pulver und Blei, aber er hat sich nichts daraus gemacht, weil er das Vaterland liebt. Und wenn die Jugend immer essen will, muß es schlecht gehen mit Deutschland.

Und dann ist er wieder fortgegangen ins Wirtshaus. Er kauft sich lauter Bier von dem Geld, was er leider von unsere Eltern kriegt, und es ist auch nicht wahr gewesen, daß er acht gibt auf uns. Er hat gar nicht gewußt, ob wir lernen, und bloß, wenn man eingesperrt worden ist, und er hat einen Strafzettel unterschreiben müssen, hat er so getan, als wenn er sich darum kümmert. Wenn auf dem Strafzettel gestanden ist, daß man wegen Ungezogenheit zwei Stunden kriegt, hat er immer gefragt, was eine Ungezogenheit ist. Er hat gesagt, er kennt es nicht; es hat keine Ungezogenheit nicht gegeben, wie er studiert hat; er hat es nie nicht gewußt, wie man eine Ungezogenheit macht, und warum man eine macht, und man kann doch leben ohne eine Ungezogenheit.

Er hat immer ganz lang gepredigt, und der Max hat gesagt, es ist die größte Freude vom Semmelmaier, wenn er gegen uns so viel reden darf, weil er gegen die Frau immer still sein muß.

An jedem Donnerstag haben wir bloß eine Brennsuppe gekriegt, und der Semmelmaier hat gesagt, er probiert uns, ob wir Spartaner sind.

Wir sind aber keine Spartaner nicht, und es hat mich immer so gehungert, und da habe ich es heim geschrieben. Meine Mutter hat gleich eine Antwort gegeben. Sie hat geschrieben, sie mag keine Heimlichkeiten nicht dulden, und sie hat dem Semmelmaier meine Klage geschrieben, und vielleicht weiß er nicht, daß ich einen so großen Appetit habe. Der Semmelmaier hat den Brief schon gehabt, und in der Frühe hat er mich gerufen. Da ist er im Zimmer gestanden, und sie ist auf dem Kanapee gesessen.

Sie hat mich gleich angeschrieen, warum ich so lüge und schreibe, daß ich hungern muß. Ich habe gesagt, das ist keine Lüge nicht, und ich habe Hunger, und wenn ich bloß eine Brennsuppe kriege, kann ich nicht satt sein. Sie hat geschrieen, ich bin frech, und sie hat es gleich gedacht, daß ich frech bin, weil man es mir ansieht, und weil ich gleich so befreundet gewesen bin mit dem Max, und ich schreibe zu meiner Mutter solche Lügen, daß ihr Haus verdächtig ist, als ob die Knaben hungern müssen.

Ich habe gesagt, es ist wahr, daß ich Hunger habe, und ich darf es sagen.

Da hat sie zum Semmelmaier geschrieen, daß er reden muß zu diesem gemeinen Knaben, der das Haus verdächtigt.

Der Semmelmaier ist ganz nah zu mir gegangen und hat langsam gesagt, ich muß ihn anschauen.

Ich habe ihn angeschaut.

Da hat er seinen Bart in die Höhe getan und hat mit dem Finger auf den Orden gezeigt, und er hat mich gefragt, was das ist.

Ich habe gesagt, es ist Messing.

Er hat die Augen furchtbar gekugelt und hat gesagt, es ist eine Auszeichnung von dem höchsten Kriegsherrn, und ob ich glaube, daß man es kriegt, wenn man heimliche Briefe schreibt über Brennsuppen. Man kriegt es nicht dafür, sondern man muß ein Spartaner sein und eine Entbehrung machen und schwitzen und frieren und den Tod im Angesicht haben. Dann kriegt man es, weil man ein tapferer Spartaner ist, und er muß die Jugend erziehen, daß sie auch einmal die Auszeichnung kriegt, und wir müssen am Donnerstag die Brennsuppe essen, weil es eine Vorübung ist für den Krieg. Er hat gesagt, er möchte uns alle Tage einen Nierenbraten geben, und er möchte Freude haben, wenn wir recht viel essen, aber er darf es nicht, weil wir dann keine Spartaner nicht werden, sondern bloß Jünglinge mit Genußsucht. Und er muß es meiner Mutter schreiben, daß er keine Garantie nicht für mich geben kann, wenn ich lauter Nierenbraten essen will. Da hat sie geschrieen, daß sie auch schreibt, daß ich ein frecher Knabe bin, der Lügen macht und das Haus verdächtigt.

Ich bin gegangen, aber bei der Tür hat mir der Semmelmaier noch gerufen, daß ich denken muß, er will uns für die Auszeichnung erziehen.

Ich war furchtbar zornig, und ich habe es dem Max erzählt, und er ist auch zornig geworden. Aber bald habe ich einen Brief von meiner Mutter gekriegt, da ist darin gestanden, daß ihr der Herr Hauptmann alles erklärt hat, und es ist keine Sparsamkeit nicht, wenn wir Brennsuppe essen müssen, sondern es ist eine Erziehung, und ich darf mich nicht beschweren, sondern ich muß froh sein, daß ich bei einem Mann bin, der mich zu einem Spartaner verwandelt. Aber wenn ich wirklich so Hunger habe, gibt sie mir ein bißchen Taschengeld, und ich darf mir vielleicht manchmal eine Wurst kaufen, aber keine Süßigkeiten, und ich muß immer denken, daß ich einmal ein tapferer Offizier werde, wie der Semmelmaier, und ich muß recht lernen. Es sind drei Mark im Papier eingewickelt gewesen. Der Max hat den Brief gelesen, und er hat gesagt, er weiß es schon, man kann nichts machen, weil seine Mutter auch immer die Sprüche vom Semmelmaier glaubt, und sie denkt auch, man darf einem Knaben nicht recht geben.

Aber da ist eine Woche vergangen, und es ist etwas passiert, weil ich drei Mark gehabt habe. Ich und der Max haben oft auf die Leute geschmissen mit kleine Steine, wenn sie nicht hergeschaut haben. Wenn es Kartoffeln gegeben hat beim Semmelmaier, haben wir oft einen eingesteckt, und auf dem Weg ins Gymnasium haben wir ihn auf eine Droschke geschmissen oder auf einen Mann, der eine Kiste auf dem Buckel getragen hat. Und die Kartoffeln haben gespritzt, und die Leute sind furchtbar zornig gewesen. Sie haben nicht gewußt, wo es her kommt, und wir sind schon lang davon gelaufen, bis sie es gemerkt haben.

Aber jetzt hat der Max gesagt, weil ich drei Mark habe, müssen wir Eier kaufen; und wir möchten viel mehr Spaß haben, wenn wir mit die Eier schmeißen, weil es dann ganz gelb herunter rinnt.

Ich habe gesagt, das ist wahr, und wir haben jetzt immer Eier gekauft, wenn wir aus dem Gymnasium sind. Wir haben es entdeckt, daß kein Fenster nicht kaput geht, wenn man es mit dem Ei trifft. Es platscht, und die Leute unten lachen, weil es so gelb ist, und die

Leute oben reißen das Fenster auf und schimpfen furchtbar. Aber es geht nicht kaput.

Wenn man eine Droschke hinten trifft, weiß es der Kutscher nicht, und er fahrt weiter und schaut immer, warum die Leute so lachen, bis er es merkt, und da steigt er herunter und schaut es an, und wenn einer im Wagen sitzt, kommt er auch heraus und tut sich wundern. Aber wenn man einen Mann trifft, der eine Kiste auf dem Buckel tragt, der hört es gleich, wie es platscht, und er bleibt stehen und laßt die Kiste herunter, und dann schimpft er furchtbar.

Es ist der größte Spaß, mit die Eier schmeißen.

Da haben sie uns aber erwischt. Eigentlich haben sie uns nicht erwischt, sondern der Alfons hat uns verschuftet.

Wir haben immer nach der Klasse für den Semmelmaier die Zeitung holen müssen bei einem Zeitungskiosk.

Da ist ein Mann darin gesessen, der ist gegen die Knaben sehr grob. Wenn man ein bißchen stark an das Fenster klopft, sagt er, daß man ein Flegel ist und ein Lausbub und eine Rotznase. Das ist gemein. In dem Kiosk ist hinten eine Türe, aber sonst kann er nirgends heraus. Da ist mir etwas eingefallen, wie man ihn ärgern kann, und ich habe es dem Max gesagt, wie wir es machen. Wir sind hingegangen, und ich habe mich hinten aufgestellt, wo die Tür gewesen ist, und habe ein Ei in der Hand gehabt. Aber der Max ist vorn hingegangen, als ob er die Zeitung verlangt. Er hat mit der Faust an das Fenster hingehaut, daß der Mann ganz wild gewesen ist, und er hat das Fenster aufgerissen. Aber da hat der Max hineingespuckt, daß der Mann im Gesicht naß war. Und er ist ganz geschwind aufgesprungen und ist bei der Tür heraus, daß er ihn erwischt. Aber da habe ich schon gepaßt darauf, und wie die Tür aufgegangen ist, habe ich das Ei hingeschmissen, daß es gespritzt ist, und es hat ihn erwischt, und er hat nicht gewußt, ob er mir nachlaufen muß oder dem Max, und wir sind alle zwei davon, bis er es gewußt hat.

Wir sind noch weit gelaufen und haben die Zeitung wo anders geholt, und dann sind wir heim.

Nach dem Essen ist der Max ins Bett gegangen, und ich auch. Der Alfons ist im Zimmer geblieben, aber ich habe nichts gedacht. Aber

wie ich noch nicht eingeschlafen war, ist auf einmal meine Tür aufgegangen, und es war ein Licht da. Ich habe hingeblinzelt, und es
war der Semmelmaier und sie. Ich habe aber getan, als wenn ich
schlafe, und wie der Semmelmaier auf mich geleuchtet hat, habe ich
die Augen nicht aufgemacht. Er hat lange auf mich geleuchtet, und
auf einmal hat er gesagt: »Lauspube!« und er ist gegangen, und bei
der Tür ist er stehen geblieben und hat gesagt: »müserabliger!« Und
sie hat gesagt: »Ich weiß es ganz gewiß, daß er die Eier von mir
gestohlen hat, und jetzt weiß ich, wo immer meine Eier hinkommen.« Am andern Tag in der Früh haben sie mich in ihr Zimmer
gerufen, und der Semmelmaier hat gesagt, ich muß alles gestehen,
sonst hat er keine Erbarmnis nicht mehr, und ob ich es gestehen
will.

Ich habe gefragt, was.

Sie hat vom Kanapee gerufen: »Lügner!« und er hat gefragt: »Wie
viele Eier hast du gestohlen?«

Ich habe gefragt, wo.

Da hat sie gerufen: »In der Speise aus dem großen Korb.«

Ich habe gesagt, ich habe noch nie kein Ei nicht gestohlen, und ich
lasse es mir nicht gefallen, daß man sagt, ich stehle.

Da hat er gefragt, mit was für einem Ei ich den Zeitungsmann geschmissen habe.

Da habe ich gesagt, ich weiß nichts von keinem Zeitungsmann.

Er hat gesagt, so, das muß er aufschreiben. Und er hat in seinem
Notizbuch geschrieben und dann hat er es vorgelesen: »Er weiß
nichts von keinem Zeitungsmann.«

Dann hat er gefragt, ob ich vielleicht einen Hühnerhof habe.

Ich habe gesagt, ich habe keinen.

Er hat es wieder geschrieben und hat gesagt, man muß jetzt einen
Zeugen nehmen.

Da hat sie gerufen: »Alfons!« Und der Alfons ist hereingekommen.

Der Semmelmaier hat zu ihm gesagt, daß er ein deutscher Knabe ist, die niemals nicht lügen, und er soll es erzählen. Der Alfons hat auf den Boden geschaut und hat es erzählt, daß ich und der Max zu dem Zeitungsmann sind, und der Max war vorn, und ich war hinten, und auf einmal ist der Mann heraus, und ich habe ein Ei geschmissen. Der Semmelmaier hat den Bleistift mit der Zunge naß gemacht und hat gefragt, ob der Zeuge vielleicht lügt.

Ich habe gesagt, es ist wahr, daß ich geschmissen habe. Aber ich habe das Ei gekauft, weil mir meine Mutter drei Mark geschickt hat.

Der Semmelmaier hat gelacht, ha ha! Und er hat zu ihr gesagt, daß er die Hälfte schon herausgebracht hat.

Ich habe gesagt, der Max weiß es, weil er dabei war, wie ich das Ei gekauft habe.

Da ist sie gegangen und hat den Max geholt.

Der Semmelmaier hat zu ihm gesagt, der Max ist der Sohn von einem Offizier, und er weiß, daß man erschossen wird, wenn man lügt, und ob er nichts gehört hat von Eier, die geschmissen werden.

Der Max hat gleich gemerkt, daß uns der Alfons verschuftet hat, und er hat gesagt, er weiß es, daß man die Eier schmeißt.

Der Semmelmaier hat es geschrieben, und dann hat er gefragt, wo man die Eier herkriegt.

Der Max hat gesagt, man kauft sie im Milchladen.

Ich habe gesagt, daß der Semmelmaier sagt, ich habe sie gestohlen. Der Max hat gesagt, es ist nicht wahr. Wir haben sie mitsammen gekauft.

Sie hat vom Kanapee gerufen, die Purschen helfen zusammen, und sie weiß es gewiß, daß ich ihr dreißig Eier gestohlen habe.

Der Semmelmaier hat gesagt, man muß ruhig sein, weil er ein Urteil macht, und er hat in seinem Buch geschrieben.

Dann ist er aufgestanden und hat es vorgelesen, daß er noch einmal verzeiht und dem Gymnasium nichts sagt, weil der Max dabei ist, und er ist der Sohn von einem toten Offizier, der das Schlachtfeld bedeckt hat, aber meine Mutter muß dreißig Eier zahlen, und er schreibt es ihr.

Sie hat gerufen, man muß unerbittlich sein und sie anzeigen.

Aber der Semmelmaier hat den Kopf geschüttelt und hat gesagt, er kann es nicht, weil er immer an den geschossenen Kameraden denkt.

Und dann haben wir hinaus müssen.

Ich habe vor lauter Zorn geweint, weil meine Mutter dreißig Eier zahlen muß, und ich habe gesagt, ich muß den Alfons hauen, bis ich nicht mehr kann.

Der Max hat gesagt, es geht nicht, weil er uns am Gymnasium verschuftet, aber er weiß was gegen den Semmelmaier.

Wir kaufen eine Rakete, und wir lassen sie bei der Nacht im Semmelmaier sein Zimmer hinein. Es muß ein furchtbarer Spaß werden, wenn die Rakete herumfahrt und nicht hinaus kann und es tut, als wenn der Feind schießt, und man kann sehen, wie er tapfer ist.

Ich habe den Max gebittet, daß ich die Rakete anzünden darf, und ich kann es nicht mehr erwarten.

Über tredition

Eigenes Buch veröffentlichen

tredition wurde 2006 in Hamburg gegründet und hat seither mehrere tausend Buchtitel veröffentlicht. Autoren veröffentlichen in wenigen leichten Schritten gedruckte Bücher, e-Books und audio-Books. tredition hat das Ziel, die beste und fairste Veröffentlichungsmöglichkeit für Autoren zu bieten.

tredition wurde mit der Erkenntnis gegründet, dass nur etwa jedes 200. bei Verlagen eingereichte Manuskript veröffentlicht wird. Dabei hat jedes Buch seinen Markt, also seine Leser. tredition sorgt dafür, dass für jedes Buch die Leserschaft auch erreicht wird.

Im einzigartigen Literatur-Netzwerk von tredition bieten zahlreiche Literatur-Partner (das sind Lektoren, Übersetzer, Hörbuchsprecher und Illustratoren) ihre Dienstleistung an, um Manuskripte zu verbessern oder die Vielfalt zu erhöhen. Autoren vereinbaren direkt mit den Literatur-Partnern die Konditionen ihrer Zusammenarbeit und partizipieren gemeinsam am Erfolg des Buches.

Das gesamte Verlagsprogramm von tredition ist bei allen stationären Buchhandlungen und Online-Buchhändlern wie z. B. Amazon erhältlich. e-Books stehen bei den führenden Online-Portalen (z. B. iBookstore von Apple oder Kindle von Amazon) zum Verkauf.

Einfach leicht ein Buch veröffentlichen: **www.tredition.de**

Eigene Buchreihe oder eigenen Verlag gründen

Seit 2009 bietet tredition sein Verlagskonzept auch als sogenanntes "White-Label" an. Das bedeutet, dass andere Unternehmen, Institutionen und Personen risikofrei und unkompliziert selbst zum Herausgeber von Büchern und Buchreihen unter eigener Marke werden können. tredition übernimmt dabei das komplette Herstellungs- und Distributionsrisiko.

Zahlreiche Zeitschriften-, Zeitungs- und Buchverlage, Universitäten, Forschungseinrichtungen u.v.m. nutzen diese Dienstleistung von tredition, um unter eigener Marke ohne Risiko Bücher zu verlegen.

Alle Informationen im Internet: **www.tredition.de/fuer-verlage**

tredition wurde mit mehreren Innovationspreisen ausgezeichnet, u. a. mit dem Webfuture Award und dem Innovationspreis der Buch Digitale.

tredition ist Mitglied im Börsenverein des Deutschen Buchhandels.

Dieses Werk elektronisch lesen

Dieses Werk ist Teil der Gutenberg-DE Edition DVD. Diese enthält das komplette Archiv des Projekt Gutenberg-DE. Die DVD ist im Internet erhältlich auf **http://gutenbergshop.abc.de**